Alex Banzi
Versuchung

Erzählung

Aus dem Swahili übersetzt
und mit einer Einführung versehen
von Uta Reuster-Jahn

Bibliografische Information der Deutschen Nationalbibliothek:
Die Deutsche Nationalbibliothek verzeichnet diese Publikation
in der Deutschen Nationalbibliografie, detaillierte bibliografische
Daten sind im Internet unter http://dnb.dnb.de abrufbar.

Die Originalausgabe erschien 1972 unter dem Titel
Titi la Mkwe
bei Tanzania Publishing House Ltd., Dar es Salaam
© 1972 Alex Banzi

© 2016 Uta Reuster-Jahn für die deutsche Übersetzung
Erste Auflage 2016
Published in agreement with Tanzania Publishing House Ltd.
Alle Rechte vorbehalten.
Kein Teil des Werkes darf in irgendeiner Form
ohne schriftliche Genehmigung der Rechteinhaber reproduziert
oder unter Verwendung elektronischer Systeme
verarbeitet, vervielfältigt oder verbreitet werden.

Herstellung und Verlag:
BoD – Books on Demand, Norderstedt
Printed in Germany
Lektorat und Layout: Kirsten Külker, satz & satz Berlin
(www.redaktion-kirsten-kuelker.de)
Umschlag: Uta Reuster-Jahn und Kirsten Külker,
unter Verwendung eines Fotos von Simone Knapp,
Twiga-Design, Heidelberg (www.twiga.de/stoffe)

ISBN 9783743101852

Inhalt

Vorwort und Einführung   7

Sorgen   29

Die Liebesmagie   41

Ein verstörender Brief   51

Tiefes Unglück   58

Beim Heiler   68

Die Höhle der Ahnen   81

Rechenschaft in der Zwischenwelt   90

Verzweiflung   103

Alles fliegt auf   113

Stellungskrieg   128

Ein fraglicher Trost   140

Vorwort und Einführung zu „Versuchung"

Hintergrund

Die Erzählung *Titi la Mkwe* von Alex Banzi habe ich zum ersten Mal 1986 in Tansania gelesen. Damals arbeitete ich in der kleinen Distrikthauptstadt Nachingwea im abgelegenen Südosten des Landes an einem Lehrer-College in der Primarschullehrerausbildung. Ich unterrichtete Biologie in der Landessprache Swahili und nahm selbst einmal pro Woche Sprachunterricht bei einem Kollegen, der Swahililehrer war. Zu den literarischen Texten, die wir durcharbeiteten, gehörte auch *Titi la Mkwe*. Mein Lehrer hatte diesen Text ausgesucht, weil er zum Curriculum des Swahiliunterrichts an Sekundarschulen gehörte. Das Buch fiel schon wegen seines kuriosen Titels auf, der wörtlich übersetzt „Die Brust der Schwiegertochter" bedeutet. Aber ich fand auch, dass der spannend erzählte Text sozial relevante Themen in origineller Weise behandelte. Insbesondere deckte sich das Bild des dörflichen Lebens, das der Autor zeichnet, mit meinen eigenen Eindrücken aus Nachingwea und seiner ländlichen Umgebung.

Mein Aufenthalt in Tansania und die für mich als sehr spannend erlebte Begegnung mit einer anderen, zunächst fremden Kultur – die auch meinen Blick auf die eigene, bisher als selbstverständlich wahrgenommene Kultur veränderte – zog eine berufliche Umorientierung nach sich. Nach meiner Rückkehr 1988 begann ich ein Studium der Afrikanischen Philologie und Ethnologie am Institut für Ethnologie und Afrikastudien der Universität Mainz. Im Jahr 2005, ich war mittlerweile mit einem Thema zur oralen Literatur in Afrika promoviert worden und als wissenschaftliche Mitarbeiterin am Institut für Ethnologie und Afrikastudien der Universität Mainz unter anderem für die Swahililehre zuständig, machte ich mich an die lang geplante Übersetzung von *Titi la Mkwe*.

Mit der Übersetzung möchte ich zeigen, dass es möglich ist, einen literarischen Text aus einer afrikanischen Sprache und Kultur, der primär für eine einheimische Leserschaft geschrieben wurde und damit kulturelles Insiderwissen voraussetzt, in einen literarisch ansprechenden deutschen Text zu übersetzen. In einen Text also, der im deutschsprachigen Raum verstanden und mit Genuss gelesen werden kann. Dies stellt eine Herausforderung dar, da es auf dem Gebiet kein anerkanntes Vorbild gibt. Obwohl eine umfangreiche moderne Prosaliteratur in Swahili existiert, die sich im nachkolonialen Tansania in den 1960er Jahren entwickelt hat, wurde davon bisher kaum etwas ins Deutsche übersetzt.

Titi la Mkwe gehört zur ersten Generation dieser Prosaliteratur, die durch Realismus und eine sozialkritische Haltung geprägt ist. Ihre beherrschenden Themen sind die Konflikte, die sich aus den gesellschaftlichen Umwälzungsprozessen ergeben, wie der Konflikt zwischen afrikanischer Tradition und westlicher Moderne, Land und Stadt, Arm und Reich oder Alt und Jung. Häufig verfolgen die Autoren eine didaktische Absicht, die sie durch einen schlechten Ausgang ihrer Geschichten ausdrücken: Wer keine festen moralischen Prinzipien verinnerlicht hat, fällt den Versuchungen der Stadt und der Gier nach schnellem Reichtum zum Opfer oder kehrt geschlagen und reumütig in den Schoß der Familie zurück. Alex Banzi enthält sich in *Titi la Mkwe* eines Urteils, indem er den Schluss offenlässt. Dieser Umstand, zusammen mit Banzis spannender Erzählweise und ironischer Distanz, macht den Text zu einem kleinen Juwel in der literarischen Landschaft Tansanias. Dass der Autor dennoch nicht zu den berühmtesten tansanischen Schriftstellern zählt, liegt möglicherweise an der kurzen schriftstellerischen Phase in seinem Leben, in der er nur wenige Werke hervorbrachte. Darüber hinaus ausschlaggebend für meine Wahl dieses Textes waren die gelungene Darstellung der sozialen Atmosphäre in einem tansanischen Dorf, das Thema der Paarbeziehung und Geschlechterrollen in einer sich wandelnden Gesellschaft und eine gewisse Zeitlosigkeit der Erzählung.

Der Text veranschaulicht mit literarischen Mitteln, wie die sozialen Strukturen des Dorfes dem Individuum Sicherheit und Unterstützung bieten, es andererseits jedoch einengen und in Angst versetzen. Dies hängt auch damit zusammen, dass der Schein nach außen gewahrt werden muss und Konflikte möglichst nicht direkt angesprochen werden sollen. Ängste und Unsicherheiten lassen daher die Menschen in Zeiten der Krise Zuflucht zu magischen Mitteln und Praktiken suchen. Diese sind vielerorts in Afrika Teil der Kultur. Die Ethnographen der Kolonialzeit waren davon fasziniert. Sie erkannten, dass magische Praktiken („witchcraft/Hexerei" und „sorcery/Zauberei") wesentlich mit der Frage verbunden sind, warum eine Krankheit, ein Schaden oder sonst ein Unglück eine bestimmte Person trifft und eine andere nicht (Middleton und Winter 1963). Diese Frage wird durch naturwissenschaftliche Modelle nicht schlüssig beantwortet. Daher trägt die Moderne in Afrika (aber nicht nur dort) das Erbe von Magie und „Aberglauben" in sich (Geschiere 1997). Kapitalistische Strukturen und die damit verbundene ökonomische Ausbeutung haben in Südafrika sogar zu einer Zunahme von okkulten Vorstellungen und Praktiken um die Jahrtausendwende geführt (Comaroff und Comaroff 1999, 2000). Dabei durchdringt die Furcht vor Schadensmagie gerade die intimen Beziehungen innerhalb von Familie, Freundschaft und Nachbarschaft (Geschiere 2013). Beziehungen zwischen Menschen also, die auf gegenseitiges Vertrauen angewiesen sind.

Der junge unabhängige Staat – zunächst Tanganyika (1961–1964) und nach der Vereinigung mit Sansibar im Jahr 1964 Tansania – versuchte, insbesondere im Zusammenhang mit seinem Projekt der Schaffung einer sozialistischen Gesellschaft, gegen Magie *(Uchawi)* und Aberglauben *(Ushirikina)* anzugehen. Das Motto der Kampagne erscheint auch in *Titi la Mkwe,* wenn die Protagonistin *Mama Dera* demonstrativ ein Wickeltuch umbindet, das die Aufschrift trägt: „Der Aberglaube ist der Feind des Fortschritts." Dass *Mama Dera* selbst magische Mittel anwendet und weitergibt, entlarvt das Aufgesetzte der Kampagne. Die negative Bewertung magischer Praktiken durch den Staat und natürlich die christlichen Kirchen führte dazu, dass sie stigmatisiert und heimlich ausgeübt wurden. Der Autor Alex Banzi wollte mit seinem Buch zum Nachdenken über magische Praktiken anregen, ohne mit der Bibel oder dem Parteiprogramm zu winken. Tatsächlich spielen weder die Kirche noch die christliche oder islamische Religion irgendeine Rolle in der Erzählung. Dies ist angesichts des großen Einflusses der christlichen Mission und Kirche in kolonialer wie auch postkolonialer Zeit bemerkenswert. Gerade in den letzten Jahren haben sich fundamentalistisch-evangelikale Kirchen in vielen Ländern Afrikas als Gegenkraft zur Magie etabliert. Sie versprechen, mit der Macht des Gebets Schadenszauber abzuwenden und Zauberer und Dämonen zu besiegen. Das Thema Magie ist also auch heute noch aktuell. In den Swahilizeitungen in Tansania findet man viele Anzeigen von Heilern und Magiern, die ihre Dienste anbieten, um ihren Kunden zu helfen, mehr Geld zu verdienen, befördert zu werden, gesund zu werden oder den Liebespartner an sich zu binden. Diese Annoncen kann man auch auf Schildern an vielen Bushaltestellen in den großen Städten sehen. Tansania hat darüber hinaus in den letzten Jahren traurige Berühmtheit wegen Morden und Verstümmelungen von Menschen mit Albinismus erlangt, deren Körperteile für die Herstellung magischer Mittel verwendet werden. Die Regierung und zahlreiche Nichtregierungsorganisationen führen Kampagnen zur Bewusstseinsbildung gegen solche Verbrechen durch.

Historischer Kontext der Erzählung

Die Erzählung *Titi la Mkwe* spielt im historischen Kontext der späten 1960er Jahre. Damals war Tansania ein junger Staat und befand sich mitten im Projekt des „nation building": Die Angehörigen der etwa 120 ethnischen Gruppen mit ihren je eigenen Sprachen sollten eine nationale Identität entwickeln, um einen nationalen Zusammenhalt zu schaffen. Dazu waren der Ausbau und die Durchsetzung der Nationalsprache Swahili – wie die meisten der Sprachen in Tansania eine Bantusprache – ein wichtiges Instrument. Gleichzeitig brachte die Regierung das Projekt der „nationalen Kultur" auf den Weg: Vorkoloniale kulturelle Praktiken und Künste, insbesondere die von Trommeln begleiteten komplexen Tanzaufführungen (Swahili *Ngoma*: Trommel, Tanzaufführung) der verschiedenen Ethnien, sollten nach dem Motto „von jedem das Beste" zu einem nationalen Kulturrepertoire zusammengestellt werden. So sollte der durch die Erfahrung des Kolonialismus verlorene Stolz auf die eigene, afrikanische Kultur wiederhergestellt werden. Dagegen wurden westliche kulturelle Einflüsse blockiert. So wurde beispielsweise westliche Popmusik im staatlichen Radio nicht gespielt.

Tansania war darüber hinaus bis zur Verfassungsreform von 1992 ein Einparteienstaat und verfolgte eine sozialistische Politik. Das Radio diente als wichtiges Medium, um die Menschen im Land zu erreichen. Es spielt auch in der Erzählung *Titi la Mkwe* eine Rolle als Überbringer privater Nachrichten aus der Ferne, aber auch als Propaganda- und Bildungssender. Das Land unternahm große Anstrengungen zur Alphabetisierung. So sehen wir in der Erzählung den Lehrer Zenga abends zum Unterricht im Rahmen der Erwachsenenbildung gehen, um die Dorfbewohner im Lesen, Schreiben und Rechnen zu unterrichten. Tansania führte bald die allgemeine Schulpflicht ein und investierte stark in den Bau von Schulen und die Ausbildung von Lehrern. Die Einheitspartei TANU (ab 1977 CCM) organisierte die Bevölkerung auf mehreren Ebenen bis zur kleinsten Einheit von zehn Haushalten, deren Vertreter oder Vertreterin eine wichtige Rolle im Zusammenleben, beispielsweise als Vermittler bei Konflikten, spielte.[*] Ein solcher Vertreter hilft in der Erzählung dem Lehrer Zenga nach seiner Rückkehr aus Europa, von der Bushaltestelle nach Hause zu gelangen.

Inhalt der Erzählung

In *Titi la Mkwe* begegnet uns Ena, die als Mutter der sechsjährigen Enika auch *Mama Enika* genannt wird. Ena ist eine Frau vom Dorf, die keinen Beruf erlernt hat. Sie ist mit dem Lehrer Zenga verheiratet. Zenga steht für Bildung und Fortschritt, er lehnt Aberglauben und magische Praktiken ab und möchte auch nicht, dass seine Frau ihnen Bedeutung schenkt. Er bemerkt jedoch nicht, dass Ena sich in einer Krise befindet. Sie weiß, dass Zenga sich außer Enika noch mehr Kinder wünscht. Doch Ena hat einige Fehlgeburten erlitten und die

---

[*] TANU steht für Tanganyika African National Union. Diese Partei wurde von Julius Nyerere geführt, welcher der erste Präsident Tanganyikas und später Tansanias wurde. 1977 fusionierte die TANU mit der Afro-Shirazi-Partei in Sansibar zur CCM – Chama cha Mapinduzi (Partei der Revolution).

Aussicht auf weitere Kinder ist gering. Hinzu kommt, dass Enika ein kränkliches Kind ist, um das sich die Eltern ständig Sorgen machen müssen. Ena fürchtet, dass Zenga sich von ihr abwenden wird, wenn sie keine weiteren Kinder bekommt. Zudem fühlt sie sich minderwertig und benachteiligt gegenüber gebildeten Frauen wie der Lehrerin Shelina, die eine Kollegin ihres Mannes an der Dorfschule ist. Ena befürchtet, dass Zenga sie für eine Frau verlassen wird, die ihm mehr bieten kann als sie. Deshalb nagen Zweifel und Eifersucht an ihr. Das Thema der Unsicherheit und Eifersucht in einer Liebesbeziehung ist ein unerschöpflicher Stoff, der in vielen Variationen seit Langem und in allen Teilen der Welt literarisch behandelt wird – so auch in Tansania. Der tansanische kulturelle und soziale Kontext, in dem sich das Beziehungsdrama in der Erzählung abspielt, ist hierzulande kaum bekannt, lässt sich aber in Verbindung mit der sich entfaltenden Tragödie der Protagonisten gut vermitteln.

Ena weiß sich nicht zu helfen und sucht Zuflucht in magischen Praktiken. Sie will das Schicksal beeinflussen, um ihren Mann an sich zu binden und weitere Kinder zu bekommen. Dabei verstrickt sie sich in Schuld, denn die Mittel wirken nicht so wie gedacht. Jemand, möglicherweise die beste Freundin Enas, hat sie manipuliert. So wird Ena des Todes ihres einzigen Kindes schuldig. Ihr Schmerz und ihre Verzweiflung treiben sie aber immer tiefer in die Magie. Am Ende helfen nur das Eingreifen des Geistes einer verstorbenen Ahnin und eine fast rückhaltlose Beichte gegenüber Zenga, um sich von der Wirksamkeit der fatalen magischen Mittel zu befreien.

Zenga, Enas Ehemann, ist ein moderner und gebildeter Mann, der sich als Lehrer für den Aufbau der tansanischen Nation engagiert. Er glaubt an Rationalität und das europäische Wissenschaftsverständnis und geht sogar selbst zum Studium nach England. Er ist jedoch ein ambivalenter Charakter, der als Ehemann und Familienvater durchaus patriarchalischen Rollenvorstellungen anhängt. Er bezieht seine Ehefrau nicht in wichtige Überlegungen und Entscheidungen ein, sondern teilt sie ihr von oben herab mit. Obwohl er sie liebt, wirbt er hinter ihrem Rücken um eine zweite Frau. Schließlich zeigt sich, dass auch er keineswegs immun ist gegen die Versuchung, in einer Krise magische Praktiken anzuwenden.

Der Alte Zubwi, Zengas Vater, steht mit seiner Schwiegertochter Ena in einer Beziehung, die von Meidegeboten geprägt ist. Solche Meidegebote gelten in vielen Teilen Afrikas, um zu verhindern, dass sich verbotene Sexualkontakte entwickeln können. Sie bestehen zwischen Eltern und ihren Kindern sowie den Heiratspartnern der Kinder, also zwischen Schwiegervater und Schwiegertochter sowie zwischen Schwiegersohn und Schwiegermutter. In der nächtlichen Begegnung zwischen Zubwi und Ena, die die Klimax der Erzählung bildet, gerät Zubwi in Versuchung, das Meidegebot der Schwiegerbeziehung zu brechen – eine ungeheuerliche Vorstellung.

Das Thema der Versuchung als Prüfung durchzieht die Erzählung. Ena gerät in Versuchung, weil sie eifersüchtig ist und Kinder bekommen möchte; Zenga würde gern seine Eheprobleme auf einfache Art lösen, indem er sich eine zweite Frau nimmt; Zubwi, Zengas Vater, wird in eine sexuelle Versuchung geführt, ausgerechnet mit der Frau, die absolut tabu für ihn ist. Keiner der Protagonisten erweist sich als ethisch und moralisch prinzipienfest.

Alex Banzi nennt als Motiv für seine Erzählung, die Schädlichkeit von Magie zeigen zu wollen und die Menschen in Tansania dazu zu bewegen, mit dem Aberglauben zu brechen. Interessanterweise jedoch besteht der durch die Erzählung vorgebrachte Einwand gegen die Magie nicht in deren Unwirksamkeit. Im Gegenteil, die magischen Mittel in der Erzählung wirken, nur eben nicht so, wie beabsichtigt. Die Botschaft des Buches an die Leser besteht daher darin, dass die Anwendung magischer Mittel zu hohe Risiken birgt: Sie können unbeabsichtigte Folgen haben, sowohl auf der Ebene der unmittelbaren Wirkung als auch auf der Ebene der Beziehungen, die durch sie vergiftet werden können.

Anmerkungen zur Übersetzung

Titi la Mkwe wurde primär für eine tansanische Leserschaft in der Landessprache Swahili geschrieben. Um den Text deutschen Lesern zugänglich zu machen, habe ich ihn übersetzt. Seit meiner ersten Übersetzung vor über zehn Jahren hat der Text einige Runden der Überarbeitung erlebt. Nach der Euphorie der ersten Übersetzung, die sprachlich noch stärker ans Original angelehnt war, realisierte ich die Schwierigkeit sowohl der literarischen Übersetzung als auch der Publikation in einem Verlag. Ich legte das Manuskript zur Seite. Erst das Angebot der Literaturwissenschaftlerin Dorothée Appel, den Text gemeinschaftlich zu überarbeiten, brachte das Projekt im Sommer 2013 wieder in Gang. Im Laufe eines Jahres suchten wir nach besseren deutschen Formulierungen, wobei die gemeinsame Arbeit die Freude an dem Übersetzungsprojekt wiederbelebte. Anschließend an diese Phase habe ich den ganzen Text noch einmal im engen Vergleich mit der Swahilifassung durchgearbeitet, um ihm einen in sich stimmigen sprachlich-literarischen Stil und Ton zu geben. Im gesamten Prozess war die Rückmeldung von Kollegen, Freunden und Verwandten sehr hilfreich, welche die Übersetzung in ihren verschiedenen Stadien lasen und kommentierten und mir dadurch ermöglichten, Schwächen zu erkennen und zu beheben. Ich möchte mich für konstruktive und kritische Rückmeldungen speziell bedanken bei PD Dr. Manfred Loimeier (Mannheim), Prof. Dr. Silke Segler-Meßner (Hamburg), Prof. Dr. Monika Arnez (Hamburg), Dorothea Reuster, Ina Jahn, Rosa Jahn und Kimata Kimatta.

Bekanntermaßen ist eine Übersetzung immer eine Gratwanderung zwischen der Treue zum Original und der Les- und Verstehbarkeit in der Zielsprache. Bei einem literarischen Werk gilt es, nicht nur zwischen zwei Sprachen, sondern auch zwischen zwei Kulturen zu vermitteln und darüber hinaus den Aspekt der Sprachkunst nicht zu vernachlässigen. Dies stellt besonders dann eine Herausforderung dar, wenn die betreffenden Sprachen und Kulturen sehr verschieden sind. Zunächst dient daher die dem Text vorangestellte Einführung der Vermittlung von Hintergrundwissen und damit dem Verstehen des Textes für deutsche Leser. Doch gibt es viele Begriffe im Originaltext, für die es kein deutsches Äquivalent gibt. Hier stellte sich die Frage, wie Verständlichkeit zu erzielen sei. Wie viele andere Übersetzer – und auch afrikanische Autoren, die in Sprachen wie Englisch oder Französisch schreiben – habe ich einige Wörter aus der Originalsprache im Text belassen und durch kursive Schrift abgesetzt. Diese Begriffe werden entweder in einem kurzen Nebensatz erklärt, oder, wenn eine etwas ausführlichere Erklärung notwendig ist, in einer Fußnote. Es handelt sich dabei insbesondere um die Bereiche der materiellen Kultur (Kleidung), des Essens und der Kommunikation.

In Ostafrika spielen Wickeltücher in der Kleidung bis heute eine große Rolle. Buntbedruckte Wickeltücher der Art *Kitenge* oder *Kanga* werden von Frauen meist über einem Rock oder einem Kleid getragen, während die schwarzen Baumwolltücher *Kaniki* über der Brust befestigt, allein oder als eine Art Unterkleid unter einer *Kanga* oder *Kitenge* getragen werden. In der täglichen Ernährung spielt der feste Hirse- oder Maisbrei *Ugali* die wichtigste Rolle als Grundnahrungsmittel. Dazu werden Gemüse und Bohnen gegessen, proteinreiche

Nahrung wie Fleisch und Fisch ist eine begehrte Ergänzung dieser Kost. Daher freuen sich Enas Schwiegereltern, wenn sie ihnen kleine getrocknete Fische *(Dagaa)* als Geschenk bringt. Reis ist teuer und wird daher bei besonderen Gelegenheiten aufgetischt. Hinsichtlich der Kommunikation unterscheidet sich die Kultur in Tansania von der deutschen. Es ist unüblich, dass Erwachsene sich mit ihren Vornamen anreden, und das betrifft sogar enge Verwandte und Paare. Verheiratete Paare sprechen sich mit *Mume wangu* („mein Mann") beziehungsweise *Mke wangu* („meine Frau") an, oder sie nennen sich *Mwenzangu* („mein Gefährte" beziehungsweise „meine Gefährtin"). Beide Anredeformen habe ich in der Übersetzung im Original beibehalten und durch Kursivschrift markiert. Wenn eine Frau ein Kind hat, wird sie mit einer Verbindung von *Mama* (Swahili: Mutter) und dem Namen des Kindes angeredet. Ein Vater wird entsprechend *Baba* genannt. Diese Anredeformen habe ich unverändert in die Übersetzung übernommen und ebenfalls kursiv gesetzt. Es ist auch üblich, Personen mit ihrem Titel anzureden, im Falle eines Lehrers *Mwalimu*.

Im Swahili gibt es zwar keine höfliche Anrede, wie im Deutschen das „Sie", aber es gibt eine ausgeprägte Altershierarchie, die sich in speziellen Begrüßungsformeln und insbesondere in der Zurückhaltung einer jüngeren gegenüber einer älteren Person ausdrückt. Daher lasse ich die Protagonistin Ena ihren Onkel, ihre Schwiegereltern und den Heiler Dunda mit „Sie" anreden.

Schließlich noch ein Wort zur Übersetzung des Titels: *Titi la Mkwe* bedeutet wörtlich übersetzt „die Brust der Schwiegertochter". Diese Phrase lässt tansanische Leser und solche, die mit der dortigen Kultur vertraut sind, sofort an das Meidegebot denken, das zwischen einem Mann und seiner Schwiegertochter besteht. Die deutsche Übersetzung dagegen wirkt schwülstig und unverständlich. Ich habe daher einen anderen

Titel gesucht und mich für „Versuchung" entschieden, da dieses Thema die Erzählung durchzieht.

Zum sprachlichen und literarischen Stil der Erzählung

Wie in vielen Werken der Swahililiteratur, und auch in der mündlichen Erzählkunst in Tansania, herrscht in *Titi la Mkwe* ein szenischer Stil vor. Durch wenige beschreibende Sätze werden Schauplätze plastisch gemacht, an denen die Protagonisten miteinander interagieren. Die Dialoge sind lebensnah und dienen der Charakterisierung der Figuren.

Meist sind die Figuren der frühen Swahililiteratur flach. Sie repräsentieren eher Typen als individuelle Personen, ähnlich den Figuren in Märchen und anderen Volkserzählungen. Solche Figuren werden durch ihre Handlungen lebendig und nicht durch ihr Innenleben aus Gefühlen und Gedanken. Die Figuren in *Titi la Mkwe* weisen jedoch ein gewisses Maß an Introspektion auf, so dass die Expertin der Swahililiteratur, Elena Bertoncini Zúbková, dem Autor eine „convincing psychological analysis of his characters Ena and Zenga" bescheinigt (Bertoncini Zúbková 2009: 83). An gleicher Stelle weist sie ganz richtig darauf hin, dass Banzis Stil zwischen emotionaler Anteilnahme und distanzierter Ironie oszilliert. Dies zeigt sich zum Beispiel in seiner Beschreibung äußerlicher Fehler der Protagonisten wie schiefen Zähnen, Sechsfingrigkeit oder auch deren unklugen Verhaltens. Auch das häufige Gähnen und sich Kratzen der Figuren als Übersprungshandlungen in unangenehmen Situationen kann als ein Mittel interpretiert werden, um ihre Unzulänglichkeiten zu charakterisieren.

Die Sprache der Erzählung ist unkompliziertes so genanntes „Standard"-Swahili *(Kiswahili Sanifu)*, umgangssprachliche

Elemente oder Slang-Ausdrücke sind nicht enthalten. Dies hängt nicht zuletzt damit zusammen, dass Werke, die für den Schulunterricht zugelassen wurden, vom Nationalen Swahili-Rat Tansanias *(Baraza la Kiswahili la Taifa)* hinsichtlich ihrer Übereinstimmung mit der Standardform des Swahili überprüft und gegebenenfalls korrigiert wurden. Allerdings greift Banzi im siebten Kapitel, das in einer Zwischenwelt zwischen dem Diesseits und dem Jenseits spielt, auf ein interessantes Stilmittel zurück, um die Sprache der Geister der Verstorbenen speziell zu markieren. Er benutzt dazu den Sprechstil *Kinyume,* der in der verkehrten Anordnung der Silben von Wörtern besteht und im realen Leben von Jugendlichen oder Kriminellen als Geheimcode benutzt wird, um Außenstehende von der Kommunikation auszuschließen. Es gleicht dem Verlan in Frankreich, dessen Name von „à l'envers" abgeleitet beziehungsweise verlanisiert ist und somit die gleiche Bedeutung wie *Kinyume* hat, nämlich „rückwärts" oder „verkehrt". Die Silbenstruktur des Swahili, die aus Verbindungen zwischen einem Konsonanten und einem Vokal oder nur aus einem Vokal besteht, eignet sich gut für dieses Verfahren. Da das Deutsche eine völlig andere Silbenstruktur besitzt, musste ich eine andere Form der Wiedergabe wählen. Daher habe ich in der deutschen Übersetzung nicht die Silben umgestellt, sondern die Wörter stattdessen von hinten nach vorn buchstabiert. So wurde aus *Kinyume* „Raahe" (von *Ahera*) in der Übersetzung „Lemmih" (von „Himmel").

Die Szene in der Zwischenwelt stellt eine fantastische Episode in der ansonsten realistischen Erzählung dar. Man kann hier vom ersten Auftreten magisch-realistischer Elemente in der Swahililiteratur sprechen, die in größerem Maßstab erst ab den späten 1980er Jahren von Autoren wie Euphrase Kezilahabi und später William Mkufya und Said Ahmed Mohamed in ihre Werke eingearbeitet werden.

Banzi flicht keine Sprichwörter in den Text ein, was sonst oft in Werken der Swahililiteratur der Fall ist. Dagegen benutzt er an mehreren Stellen Gleichnisse aus der Tierwelt. Überhaupt verwendet der Autor oft Naturbeschreibungen, um Stimmungen oder Vorahnungen wiederzugeben.

Ein besonderes Stilmittel besteht im direkten Ansprechen des Lesers. Dies geschieht an zwei Stellen im Text, von denen die erste dem Leser direkt am Anfang, im zweiten Abschnitt auf der ersten Seite, begegnet. Hier tritt der Autor sozusagen aus der Kulisse hervor und zeigt sich dem Leser. Die Stelle am Anfang der Erzählung kann als eine Art Begrüßung des Lesers durch den Autor interpretiert werden. Der Autor fordert ihn auf, die Szene, die er beschreibt, zu sehen. Dieses Verfahren erinnert stark an Techniken des mündlichen Geschichtenerzählens, in welchem die Erzähler und Erzählerinnen ebenfalls in der Imagination der Zuhörer lebendige Szenen entstehen lassen, beispielsweise indem sie zeigende Gesten einsetzen (Reuster-Jahn 2002: 177-195). Die beiden Textstellen habe ich in der Übersetzung durch Kursivschrift vom Erzähltext abgesetzt.

Zum Autor

Alex Banzi hat zwischen 1972 und 1982 vier Bücher publiziert, seither war er jedoch aus der Literaturlandschaft in Tansania verschwunden. Meine Nachfragen nach ihm bei den beiden Verlagen, die seine Bücher publiziert hatten, erbrachten kein Ergebnis. Es hieß, man wisse nichts über seinen Verbleib, möglicherweise sei er schon gestorben. Vor einigen Jahren wurde der einst staatliche Verlag Tanzania Publishing House, in dem *Titi la Mkwe* erschienen war, durch den tansanischen Intellektuellen Walter Bgoya und seinen Verlag Mkuki na Nyota („Speer und Stern") übernommen. Als ich im Jahr 2015 an den Verlagsinhaber mit meiner Übersetzung herantrat, unternahm dieser neue Anstrengungen, um den Autor ausfindig zu machen – mit Erfolg. Es stellte sich heraus, dass Alex Banzi nach einer Laufbahn in der nationalen Wahlkommission in den Ruhestand getreten war und dass er in Dar es Salaam lebt. Hocherfreut darüber trat ich mit dem Autor in Korrespondenz und sprach mit ihm am Telefon. Er freute sich sehr über das Interesse an seinem Buch und die Idee einer Übersetzung in eine europäische Sprache. Auf meine Bitte schrieb er einen kurzen biographischen Bericht und etwas über die Geschichte des Buches *Titi la Mkwe*. Deshalb möchte ich ihn hier mit seiner Zustimmung – in meiner Übersetzung aus dem Swahili – selbst zu Wort kommen lassen:

Ich wurde in dem Dorf Mgeta bei Morogoro (Tansania) am 18. Mai 1945 geboren, als siebtes und letztes Kind. Mein Vater und meine Mutter waren Bauern, die mit der Hacke ihr Feld bestellten. Meine Mutter und eine meiner Schwestern waren sehr begabte Erzählerinnen, die uns die überlieferten Geschichten erzählten, die oft von Tieren handeln. Mit der Zeit wurde daher das, was man „Erzählung" oder „Geschichte" nennt, zu einem Teil meiner Persönlichkeit. Auch in meiner Jugendzeit liebte und verfolgte ich die Geschichten in Büchern und in Zeitschriften. Und mit der Zeit drang das Erfinden von Geschichten in mich ein und wurde hier und da offenbar. Langsam entstand in mir das Bedürfnis, selbst eine Geschichte zu verfassen, und ich tat es zum ersten Mal im Jahr 1967. Aber diese erste Geschichte, die ich an die Zeitschrift Kiongozi[**] *sandte, wurde nicht veröffentlicht.*

[**] Die Zeitschrift *Kiongozi* („Der Anführer") wurde von der Katholischen Kirche in Tabora herausgegeben. Sie enthielt neben kirchlichen Nachrichten und religiösen Artikeln Beiträge zur Unterhaltung und war für viele tansanische Autoren ein Sprungbrett in ihre schriftstellerische Karriere.

Ich erkannte, dass meine Schriftstellerei Unzulänglichkeiten hatte und dass ich dieses Fach studieren sollte. Daher nahm ich an einem Kurs an der Volkshochschule (Chuo cha Elimu ya Watu Wazima) *in Dar es Salaam teil. Wir waren weniger als zehn Teilnehmer. Der Kurs wurde zunächst von John Mbonde und später von Euphrase Kezilahabi unterrichtet. Mbonde war damals der Publishing Manager von Tanzania Publishing House und Kezilahabi war Assistent an der Universität von Dar es Salaam. Beide sind auch Schriftsteller.*

Unterdessen war bereits eine Kurzgeschichte von mir mit Teilen des Inhalts von Titi la Mkwe *in der Zeitschrift* Kiongozi *publiziert worden. Es war meine zweite Geschichte, die veröffentlich wurde. Daher beschloss ich, die Kenntnisse, die ich im Kurs erwarb, anzuwenden und die Geschichte auszuarbeiten, um sie schließlich als Buch zu veröffentlichen. Diese Entscheidung führte zu dem Buch* Titi la Mkwe, *das 1972 im Verlag Tanzania Publishing House publiziert wurde.*

Im Dezember 1967 hatte ich mich darüber hinaus entschlossen, die Schriftstellerei noch intensiver zu studieren. Deshalb schrieb ich mich in ein Fernstudium per Post an der Londoner B.A. School of Successful Writing ein.*** *Ich belegte dort einen Kurs in „Know-how Technique of Writing Success", den ich Ende 1968 abschloss. Die Gebühr betrug 26 Pfund Sterling. Dieser Kurs hat viel dazu beigetragen, dass* Titi la Mkwe *als Buch erscheinen konnte.* Titi la Mkwe *wurde in den Sekundarschulen und Hochschulen im Fach Literatur benutzt. Es erlebte mehrere Auflagen, die fünfte und bisher letzte im Jahr 1981. Nach diesem Buch schrieb ich noch andere Bücher und viele Kurzgeschichten.*

Die folgenden Ausführungen Banzis zu seiner formalen Ausbildung illustrieren die schwierige Ausbildungssituation der damaligen Zeit:

*** Nach Informationen aus dem Internet bestand dieses Unternehmen seit dem 23. Februar 1949. Es ist inzwischen aufgelöst, das Auflösungsdatum ist unbekannt (www.duedil.com/company/00464892/b-a-school-of-successful-writing-limited, zuletzt besucht am 28.4.2016).

Die Grundschule besuchte ich von 1954 bis 1957 in Mgeta. Danach ging ich auf die Bigwa Middle School in Morogoro (1958 bis 1961), die bis zur achten Klasse ging. Obwohl ich ausgewählt wurde, um auf die Sekundarschule in Pugu zu gehen, konnte ich das nicht tun, weil das Geld für die Schulgebühren fehlte. Stattdessen begann ich 1962 im Staatsdienst zu arbeiten. Dennoch absolvierte ich ab 1966 privat die Sekundarausbildung in einem Fernkurs des Rapid Results College in London. Die Prüfung des „ordinary level" bestand ich 1968 als externer Kandidat. Auf die gleiche Weise studierte ich weiter, doch aus verschiedenen Gründen konnte ich an der Prüfung des „advanced level" nicht teilnehmen. Stattdessen machte ich 1979 die Aufnahmeprüfung an der Universität Dar es Salaam im Rahmen des „mature age entry scheme" für ältere Bewerber und bestand sie. Drei Jahre lang, von 1979/80 bis 1981/82, war ich Bachelor-Student in Soziologie an der Universität in Dar es Salaam. Damals hatte ich bereits fünf Kinder und war von meinem Arbeitgeber, der Parlamentsverwaltung ohne Bezüge beurlaubt. Im akademischen Jahr 1982/83 bekam ich ein Stipendium vom Commonwealth Fund for Technical Cooperation (London) und ging nach New Delhi (Indien), um ein Postgraduiertendiplom am Institute of Constitutional and Parliamentary Studies zu erwerben. Gleichzeitig war ich weiter beim Parlament angestellt.

Seine berufliche Laufbahn führte Alex Banzi weg von der Schriftstellerei hin zu anderen Gebieten. Er arbeitete im Staatsdienst in Tansania und später bei der nationalen Wahlkommission:

Von 1962 bis 1966 arbeitete ich als Sekretär im Finanzministerium in Dar es Salaam. Von 1966 bis 1976 war ich Verfasser der offiziellen Verlautbarungen des Parlaments in Dar es Salaam, von 1977 bis 1979 Sekretär des Public Accounts Committee der Regierung und von 1984 bis 1989 Sekretär des Parliamentary Foreign Affairs Committee und außerdem Koordinator für alle Wahlangelegenheiten. Das war innerhalb des Einparteiensystems, in dem die Wahlen von der Parlamentsverwaltung organisiert wurden. Von 1990 bis 1992 war ich Chef der Abteilung für Wahlen in der Parlamentsverwaltung. In der Zeit wurde die Umstellung auf das Mehrparteiensystem vorbereitet. 1993 wechselte ich zur Nationalen Wahlkommission als Direktor der Wahlen und als Sekretär der Wahlkommission. Seit Juli 1992 fallen Wahlangelegenheiten nicht mehr in die Zuständigkeit der Parlamentsverwaltung. Von 2000 bis zu meinem Ruhestand 2005 war ich Assistent des Parlamentspräsidenten, zuerst in Dodoma und später in Dar es Salaam.

Die Beanspruchung durch seine berufliche Tätigkeit war einer der Gründe, weshalb Alex Banzi nach 1982 keine weiteren Bücher veröffentlichte:

Seit 1979 hörte ich wegen meines Studiums in Dar es Salaam und danach in Indien mit dem Schreiben auf. Anschließend wurde ich von meiner beruflichen Arbeit sehr in Anspruch genommen, besonders zwischen 1993 und 2000, als es um den schwierigen Aufbau der Nationalen Wahlkommission ging. Seit 2000 hatte ich auch gesundheitliche Probleme.

Zu seiner Intention als Autor von *Titi la Mkwe* schreibt Banzi:

Das Buch zielte darauf ab, die Menschen vor dem Aberglauben zu warnen, indem es dessen schädliche Auswirkungen auf verschiedene Ebenen des Lebens zeigt. Ich entschied mich dafür, weil die Menschen in vielen Gebieten Afrikas dem Aberglauben anhängen, auch dort, wo ich geboren wurde und aufgewachsen bin, in Morogoro. Es ist meine Art, einen Wandel im Denken anzustoßen.

Schließlich nennt der Autor die literarischen Werke, die er selber gerne gelesen hat oder liest:

Ich selbst liebte es sehr, die Bücher meiner Schriftstellerkollegen aus Tansania und Kenia zu lesen. Aber ich las auch gerne die Werke anderer afrikanischer Schriftsteller, besonders die, welche in der Reihe „African Writers Series" des Verlags Heinemann Educational Publishers erschienen sind. In einem gewissen Maß mochte ich auch die Werke europäischer Schriftsteller. Darüber hinaus liebte ich es – und liebe es noch immer –, psychologische Inspirationsbücher zu lesen. Ich bin auch ein begeisterter Leser von Zeitschriften aus Tansania und Kenia und in einem gewissen Maß auch von englischen Zeitschriften, besonders The Psychologist und The Writer.

Alex Banzi hat vier Bücher publiziert: die Erzählungen *Titi la Mkwe* (Tanzania Publishing House, 1972) und *Zika Mwenyewe* (Mach die Beerdigung allein; Tanzania Publishing House, 1977). Danach erschienen noch zwei Bände mit Kurzgeschichten bei Ndanda Mission Press, dem Verlag der Benediktinerabtei in Ndanda (Südtansania): *Tamaa Mbele na Hadithi Nyingine* (Gier bringt Unglück und andere Geschichten, 1980) und *Nipe Nikupe na Hadithi Nyingine* (Gib du mir, dann geb' ich dir und andere Geschichten, 1982). Außerdem hat Banzi zwischen 1968 und 1974 mehr als zwanzig Kurzgeschichten in verschiedenen Zeitschriften in Tansania und Kenia veröffentlicht. Die Bände mit Kurzgeschichten, die Banzi bei Ndanda Mission Press veröffentlicht hat, bestehen aus solchen früher publizierten Texten.

Alex Banzi freute sich über mein Projekt, *Titi la Mkwe* für ein deutschsprachiges Publikum zu übersetzen. Allerdings stellte sich heraus, dass kein Verlag bereit war, die Veröffentlichung der Übersetzung einer Erzählung aus dem Swahili zu wagen. Die Bücher afrikanischer Autorinnen und Autoren, die ins Deutsche übersetzt werden, sind in der Regel ursprünglich in europäischen Sprachen wie Englisch, Französisch, Portugiesisch oder in Afrikaans geschrieben und richten sich von vornherein an ein internationales Publikum. In thematischer Hinsicht geht es in ihnen zunehmend um die Migrationserfahrung zwischen Afrika und Europa oder den USA. Ein Text aus dem Swahili, in den 1970er Jahren für ein tansanisches Publikum geschrieben, erscheint da nicht leicht zu vermarkten. Aus vielen Gründen, die ich in dieser Einleitung dargelegt habe, bin ich jedoch davon überzeugt, dass dieser Text auch von deutschsprachigen Leserinnen und Lesern mit Gewinn rezipiert werden kann. Daher habe ich mich dazu entschlossen, die Übersetzung im Selbstverlag zu publizieren. Die Afrikanistin und Germanistin Kirsten Külker hat mich durch Lektorat, Satz und Layout unterstützt, wofür ich ihr herzlich danke. Dank gebührt auch Dorothée Appel für ihr Engagement hinsichtlich der Übersetzung und Verlagssuche.

Ich möchte dieses Vorwort beschließen mit den Worten von Alex Banzi, die er in seiner ersten E-Mail an mich schrieb und die das Motto dieses Übersetzungsprojekts gut trifft: *Tumeanza, tunaendelea, tutafika* – wir haben begonnen, wir machen weiter, wir werden ankommen.

Literatur

Banzi, Alex. 1972. *Titi la Mkwe*. Dar es Salaam: Tanzania Publishing House.

Banzi, Alex. 1977. *Zika Mwenyewe*. Dar es Salaam: Tanzania Publishing House.

Banzi, Alex. 1980. *Tamaa Mbele na Hadithi Nyingine*. Ndanda: Ndanda Mission Press.

Banzi, Alex. 1982. *Nipe Nikupe na Hadithi Nyingine*. Ndanda: Ndanda Mission Press.

Bertoncini Zúbková, Elena. 2009. The Tanzanian Mainland. From the 1960s to the 1980s. In: Bertoncini Zúbková, Elena et al. (Hrsg.), *Outline of Swahili Literature*. Leiden und Boston: Brill, S. 74-117.

Comaroff, Jean & John Comaroff. 1999. Occult economies and the violence of abstraction: Notes from the South African postcolony. *American Ethnologist* 26 (2): 279-303.

Comaroff, Jean & John Comaroff. 2000. Millennial capitalism: First thoughts on a second coming. *Public Culture* 12 (2): 291-343.

Geschiere, Peter. 1997. *The Modernity of Witchcraft. Politics and the Occult in Postcolonial Africa*. Charlottesville und London: University Press of Virginia.

Geschiere, Peter. 2013. *Witchcraft, Intimacy & Trust. Africa in Comparison*. Chicago und London: The University of Chicago Press.

Middleton, John & E.H. Winter. 1963. Introduction. In: John Midleton & E.H. Winter (Hrsg.). *Witchcraft and Sorcery in East Africa*. London: Routledge and Kegan Paul, S. 1-26.

Reuster-Jahn, Uta. 2002. *Erzählte Kultur und Erzählkultur bei den Mwera in Südost-Tansania*. Köln: Rüdiger Köppe.

Sorgen

Kummervolle Gedanken bedrängten Ena und brachten ihren Kopf beinahe zum Bersten, während sie schnellen Schrittes durch den strömenden Regen ging. Die seltsame Krankheit, die so plötzlich Enika, ihr einziges Kind, befallen hatte, ängstigte sie. Gleichzeitig quälten sie Zweifel, ob sie ihren Mann wohl in der Schule antreffen würde, wohin sie jetzt unterwegs war. Denn Zenga hatte gesagt, dass die Lehrerkonferenz gegen elf Uhr beendet sein würde. Und jetzt war es schon nach zwei! Was mochte den armen *Mwalimu*[1] Zenga, ihren geliebten Mann, aufgehalten haben?

Sieh doch, wie eine dichte Wolke sich drohend über ihr ausbreitet. Schau, wie Ena sich die Ohren mit den Handflächen zuhält, um sie vor den Donnern zu schützen, die die Erde erzittern lassen und ihr große Angst einflößen. Welch ein Unheil! Und wie jetzt der Hagel in einem wilden Wirbel vom Himmel prasselt!

Ena rannte schnell und wischte sich im Laufen Bäche von Regenwasser aus dem Gesicht. Durch die Eile löste sich ein Riemen an einer ihrer Sandalen. Kurz entschlossen zog sie beide aus und trug sie in der Hand. Als sie eines der grasgedeckten Häuser erreichte, duckte sie sich unter das schützende Vordach.

---

[1] *Mwalimu* bedeutet Lehrer und wird als Titel in der Anrede verwendet.

Von drinnen hörte sie zwei Frauen lachen und erkannte ihre Stimmen. Es waren Schwestern. Oho! Die beiden unterhielten sich über ihren Mann. Sie spitzte die Ohren und fing eine Stimme auf:

„Ich bin ganz durcheinander wegen Zenga, so verliebt bin ich. Und er tut so, als ob er nichts merkt."

„Tssssch", zischte Ena draußen verächtlich[2] und voller Missmut, während drinnen das Gespräch weiterging.

„Also du und Zenga, ich wette, von euch wird man noch in diesem Jahr reden. Mir ist allerdings ein Rätsel, was du an ihm findest."

„Weil er sechs Finger[3] an jeder Hand hat?"

Die beiden Frauen lachten.

Trotz ihres aufsteigenden Zorns musste Ena lächeln. Es stimmte, Zenga hatte sechs Finger an jeder Hand. Aber die beiden wussten wahrscheinlich nicht, dass das, was sie abstoßend fanden, ihr selbst so süß wie Honig erschien. Bevor Ena sich weiter ausmalen konnte, in welcher Weise Zenga der Honig ihres Herzens war, fing die erste Stimme wieder an:

„Du kannst sagen, was du willst, aber ich werde Zenga bekommen – und wenn ich ihn einfangen muss. Was bedeutet schon sein Aussehen, wenn er Geld hat?"

Das Gehörte drang nun doch mit brennenden Strahlen der Eifersucht in Enas Herz. Denn bestimmt hatten die Umtriebe dieser Frau nicht erst heute begonnen.

Ena versuchte, sich über Zengas Treue klarzuwerden. Seit sie vor siebeneinhalb Jahren geheiratet hatten, hatte sie ihn noch niemals bei etwas Zweifelhaftem ertappt. Und dennoch musste sie sich eingestehen, dass Zengas Verspätung in der Schule sie misstrauisch machte.

---

[2] Zischen ist eine in Ostafrika übliche Art, Verachtung und Missfallen auszudrücken. Dabei wird die Luft durch die Zähne nach innen gezogen.
[3] Polydaktylie (Mehrfingrigkeit) kommt in Afrika häufiger vor als anderswo.

Die Krankheit ihres Kindes drang wieder in ihr Bewusstsein – ihres einzigen Kindes, das bald sechs Jahre alt sein würde. Entschlossen machte Ena einen Schritt nach vorn in den Regen und sah sich um. Doch sofort zerriss ein Blitz den Himmel und ließ sie wieder unter das Vordach zurückweichen. Und hier hörte sie die zweite Schwester antworten:

„Ja, Geld hat er, aber ich glaube doch nicht, dass du ihn am Ende bekommen wirst."

„Warum nicht?"

„Zenga bevorzugt studierte Leute, so wie er selbst. Kennst du *Mwalimu* Shelina?"

„Ja, ziemlich gut sogar. Wir waren zusammen in einer Klasse."

„Ich habe den Verdacht, dass sie bereits dabei ist, Zenga das Geld aus der Tasche zu ziehen. Einmal habe ich die beiden im Laden dabei überrascht, wie er ihr Geld für einen Haufen Kleider lieh."

Enas Herz klopfte so schnell, dass es ihre Brüste erzittern ließ, doch der Klatsch drang weiter in ihre Ohren.

„Wirklich, die Männer sind gut darin, sich unnötig Probleme zu schaffen", antwortete die andere Schwester, „welche Vorzüge soll denn Shelina im Vergleich zu *Mama Enika*[4] haben?"

Bei dieser Bemerkung richtete Ena sich auf. Wirklich, welche Vorzüge sollte Shelina im Vergleich zu mir, *Mama Enika*, haben?, dachte sie, während sich ihr der Gedanke an die anscheinend noch unbeendete Konferenz in der Schule wieder aufdrängte, an der auch Shelina teilnahm. Die Lehrer des Be-

---

[4] Ena wird als Mutter von Enika von den Menschen in ihrer Umgebung mit *Mama Enika* angesprochen. Der Gebrauch des Vornamens zur Anrede ist unter Erwachsenen nicht üblich. Auch Eltern benutzen untereinander diese Anredeform, hier also *Mama Enika* und *Baba Enika*. Daneben existieren weitere Anredeformen, siehe Fußnoten 5 und 7.

zirks kamen regelmäßig einmal pro Monat zum Gedankenaustausch über ihre Arbeit und allgemeine Entwicklungen des Schulwesens zusammen. Aber die Konferenz könnte Shelina und Zenga auch die Gelegenheit geben, sich unter einem dienstlichen Vorwand zu treffen.

Sofort begann Ena, in ihrer Vorstellung, Shelinas Erscheinung zu prüfen. Shelina war klein, hatte sehr dunkle Haut und war etwas dick. Ihr Kopf war groß und hatte in der Mitte eine leichte Delle, so, als ob ihm viele Lasten aufgebürdet worden seien, bevor er noch ausgewachsen war. Im Vergleich dazu war ihr eigener Kopf wohlgerundet und erst recht ihre Figur, die weder zu dünn noch zu dick, weder zu groß noch zu klein war. „Tssssch", zog Ena verächtlich die Luft ein und musste gleich darauf wieder lächeln. Dann fuhr sie mit ihrem Vergleich fort. Genau wie ihres, so war auch Shelinas Gesicht breit. Sogar Ena mochte es eigentlich gern, weil sich nie Zorn auf ihm zeigte. Wenn es einen Unterschied zwischen ihren Gesichtern gab, dann in der Farbe. Denn anders als Shelina war Ena von einem hellen Braun. Schließlich berührte Ena ihre breiten, leicht aufgeworfenen Lippen und lächelte wieder. Dann verzog sie verächtlich und gleichzeitig mitleidig den Mund, als sie an Shelinas schiefe Zähne dachte. In diesem Moment war sie sich sicher: Unmöglich, dass Shelina Zenga den Kopf verdreht, während ich, Ena, da bin. Es sei denn, sie hat meinem Mann eine Liebesmagie verabreicht …

Aus ihren Gedanken aufschreckend, stellte sie fest, dass der Regen etwas nachgelassen hatte. Die Sorge über die Not ihres Kindes rührte wieder an ihr Herz. Also trat sie erneut in den dichten Regen und setzte ihren Weg fort. Wenig später hatte sie ihr Ziel erreicht. Aber der Schulhof war leer und es war kein Anzeichen einer Konferenz zu erkennen. Verzweifelt lief sie hinter das Schulhaus und schaute sich um: Dort stand Zengas Motorrad. Als sie zur Vorderseite zurückging, hörte sie das Lachen zweier Menschen, eines Mannes und einer Frau, das die Stille durchschnitt. Langsam ging sie an dem Gebäude entlang, um herauszufinden, woher es kam. Aber erst als sie stehen blieb, konnte sie erkennen, dass die Stimmen aus dem Büro des Schulleiters Zenga, ihres Mannes, kamen.

Unschlüssig blieb sie an der Tür stehen und wartete, ob sie vielleicht noch mehr hören könne. Aber es gab kein weiteres Lachen und auch keine Stimmen einer Unterhaltung. Das einzig hörbare Geräusch war ein Rascheln, als ob jemand in Papieren kramte. Ena klopfte an die Tür und öffnete sie gleichzeitig. Im nächsten Moment stand sie *Mwalimu* Shelina gegenüber, die an einer Seite des Tisches saß; ihr Mann saß an der anderen und kehrte ihr den Rücken zu. Zwischen den beiden lag ein Berg Papiere auf dem Tisch und daneben befanden sich Ordner zur Ablage von Briefen.

„Oh, *Mama Enika,* kommen Sie herein", rief Shelina und zog einen Stuhl für sie heran. Enas Gedanken überschlugen sich. Die Lehrerkonferenz war eindeutig vorbei, denn sonst war niemand mehr da. Was also machten die beiden noch hier?

„Komm rein! Oh – komm rein", hieß auch Zenga seine Frau willkommen und dabei schwangen Freude und auch Unsicherheit in seiner Stimme. Ein tiefer Seufzer ließ erkennen, dass er lange und angestrengt gearbeitet hatte.

„Es tut mir leid, dass du nass geworden bist."

Ena wischte sich mit dem Taschentuch den Regen aus dem Gesicht.

„Danke." Sie verbarg das Misstrauen, das sie quälte. „Mir tut es leid, dass ihr noch zu arbeiten habt."

„Danke", erwiderte Zenga.

Shelina sagte lächelnd: „Na, das ist doch keine wirkliche Arbeit. Wie geht es Ihrem Kind?" Ihre Frage kam gleichzeitig mit der Zengas, der sich nun ganz zu seiner Frau umgewandt hatte: „Alles in Ordnung zu Hause?"

„Ganz und gar nicht, *Mwenzangu*,[5] Enika geht es sehr schlecht. Deshalb bin ich gekommen. Wir müssen sie ins Hospital bringen."

Sie nannten es Hospital, aber es war nur eine einfache Gesundheitsstation. Das eigentliche Distrikthospital befand sich fünfundzwanzig Kilometer entfernt und war in einem Notfall wie diesem unerreichbar.

Zenga atmete schnell und stützte seinen Kopf in die Hände: „Ach, meine kleine Enika, warum ist sie nur dauernd krank? Was fehlt ihr denn diesmal?"

„Nun, *Mwenzangu*, was soll ich sagen? Sie hat Fieber und plötzlich ist ihr Körper glühend heiß geworden. Wie es ihr jetzt geht, weiß ich nicht – das arme Kind!"

Zenga streckte sich und gähnte[6]: „Hast du sie etwa alleine gelassen?"

„Was hätte ich denn tun sollen, *Mwenzangu*?", fragte Ena spitz. Aber sie fügte hinzu, dass sie die Nachbarin gebeten hatte, nach der Kranken zu sehen.

„Ich weiß gar nicht, wann sie im Hospital Feierabend machen – vielleicht um vier?", fragte Zenga, während er aufstand und auf die Uhr sah.

„Ich glaube, ja. Selbst, wenn ich direkt aufgebrochen wäre, als der Anfall begann, wäre ich nicht rechtzeitig hingekommen. Es sind immerhin sechs oder sieben Kilometer", antwortete Ena. Shelina stimmte ihr zu: „Ich meine, es sind sogar acht. Und das zu Fuß – als Frau – mit einem großen Kind auf dem Rücken …!"

Zenga gähnte noch einmal und legte seinen Kugelschreiber auf den Tisch.

---

[5] Eine Form der Anrede zwischen Ehepartnern ist *Mwenzangu*, zu Deutsch „mein Genosse, Gefährte" bzw. „meine Genossin, Gefährtin".

[6] Das Gähnen drückt hier nicht Langeweile aus, sondern Erschöpfung und Überforderung.

„Das Motorrad macht Mucken, wenn es regnet", sagte er, während er durch das Moskitogitter nach draußen in den Regen sah. „Ich weiß nicht, ob das klappen wird, besonders bei einer längeren Fahrt wie dieser. Ihr wisst ja, in welchem Zustand unsere Straßen sind, die in freiwilliger Gemeinschaftsarbeit gebaut werden!"

„Ach, *Mume wangu*,[7] wenn du langsam fährst, wird es schon gehen. Beeil dich und komm – bevor es schlimmer wird mit unserem Kind."

Zenga warf einen Blick auf den Haufen Papiere auf dem Tisch.

„Hast du ihr kein Medikament gegeben?", fragte er und streckte müde die Arme.

„*Mume wangu*, habe ich dich je mit Kleinigkeiten belästigt? Wenn es eine normale Krankheit wäre, meinst du, dann hätte ich Enika nicht entsprechend versorgt?"

Auf Shelinas Gesicht war Besorgnis und Mitgefühl zu lesen und sie bat: „Gehen Sie nur, *Mwalimu*. Die Arbeit ist doch nicht wichtiger als ein Kind." Dann schlug sie ihm vor, einen Teil der Arbeit mit nach Hause zu nehmen und dort zu erledigen.

Ena seufzte und verzog ärgerlich das Gesicht. Energisch band sie die *Kanga*, das bunt bedruckte Wickeltuch, das sie über ihrem lila Kleid trug, fester. Dann stand sie auf und sagte:

„Also, wenn du mitkommen willst, dann lass uns jetzt gehen."

Zenga stimmte zu, aber er blätterte noch in den Papieren, als ob er nach etwas suche.

„Wo ist denn der Brief?"

Als Shelina auf einen noch ungeöffneten Brief zeigte,

---

[7] Neben dem geschlechtsneutralen *Mwenzangu* ist dies eine weitere Anredeform, zu Deutsch „mein Ehemann".

nahm er ihn und steckte ihn in die Brusttasche seines Hemdes. Es verging jedoch eine weitere Minute, ohne dass Zenga Anstalten machte, sich zu verabschieden. Das ärgerte Ena maßlos. Und als ihr Blick den Shelinas traf, bohrte sich der Gedanke, dass diese Frau ihrem Mann das Geld aus der Tasche ziehe, wie ein Speer in ihr Herz. Bitter sagte sie:

„Wenn du hier noch etwas vorhast, sag es ruhig. Dann gehe ich." Dabei erhob sie sich und verließ das Büro.

Sie war kaum dreihundert Meter weit gekommen, als sie Zenga rufen hörte, der sie bat, auf ihn zu warten. Sie stellte sich taub und ging nur noch schneller. Schließlich hörte sie das „Tukutuku" des alten Motorrads hinter sich. Trotzdem sah sie sich weder um, noch blieb sie stehen. Sie konzentrierte sich auf den einen Gedanken: Enika. Schließlich hielt Zenga mit seinem Motorrad neben ihr und bat um Verzeihung. Ena würdigte ihn keines Blickes und machte keine Anstalten, sich auf das Motorrad zu setzen. Obwohl ihr die Kränkung heiß in der Kehle saß, sagte sie kein Wort. Vor Ärger lief sie nur immer schneller durch den Nieselregen. Wohl oder übel musste Zenga absteigen und sein Motorrad neben ihr herschieben. Dabei versuchte er sie mit Beteuerungen seiner Liebe milder zu stimmen, um sie dazu zu bringen, auf das Motorrad zu klettern. Schließlich gab sie nach und stieg auf.

Wenig später hielten sie beim Haus der beiden Klatschweiber. Zenga stoppte sein Motorrad in einiger Entfernung und stieg ab, offenbar, um den Brief abzuliefern, den er aus der Schule mitgenommen hatte. Er ging zum Haus, rief *„Hodi?"*[8] und trat ein.

Enas Zweifel kehrten zurück. Sie erinnerte sich gut an die Worte der Frau, die nichts unversucht lassen wollte, um Zenga

---

[8] In Ostafrika ruft man *„Hodi?"*, wenn man ein Gehöft betritt oder wenn man sich der Haustür nähert. Anklopfen ist unüblich. Die Antwort auf *Hodi* lautet *Karibu* („Tritt näher!").

zu bekommen. Und als sie jetzt zur Tür hinübersah, spähte eben jene Frau aus dem Fenster. Sofort zog sie sich wieder ins Haus zurück, um im nächsten Moment Zenga lachend an der Tür zu verabschieden.

Als sie zu Hause ankamen, hatte sich Enikas Zustand weiter verschlechtert. Sie zitterte am ganzen Leib so heftig, dass selbst das Bett wackelte. Sie hatte ihre Zähne fest zusammengebissen und verdrehte die Augen, so dass das Weiße zu sehen war. Die Arme und Beine zuckten in unkontrollierten Bewegungen, wie bei einem Zauberer im Ringkampf mit dem Tod.

Zenga kamen beinahe die Tränen, als er sah, wie schlecht es seiner Tochter ging. Sofort wies er Ena an, sie auf die Schulter zu nehmen. Er ließ die beiden auf sein Motorrad aufsitzen und sie fuhren zum Hospital. Dort erhielt Enika sofort eine Spritze. Zusätzlich gab man ihnen Tabletten, die Enika zu Hause einnehmen sollte. Es hieß, sie habe eine schwere Malaria.

Als sie in dieser Nacht in ihrem Schlafzimmer lagen, hörte Ena die Nachbarn – einen Mann und seine Frau – zusammen lachen. Ihre Gedanken wanderten zurück zum Schulhaus, in dem Zenga und Shelina heute so einvernehmlich gelacht hatten. Verzweiflung machte sich in ihr breit. Sie sehnte sich selbst nach diesem Lachen mit Zenga, erlebte es aber fast nie. Kam er von der Schule nach Hause, so nahm Zenga normalerweise ein Buch in die Hand und umgab sich mit Schweigen. Das war sein einziges Vergnügen. Nur einmal war es Ena gelungen, ihn davon abzubringen. Sie hatten im Hof eine Matte ausgebreitet und sich darauf eng aneinander geschmiegt. Der Mond hatte zugeschaut und ihnen zugerufen: *Erholt euch, ihr Bürger – das ist die richtige Zeit dazu*. Ena hatte ihren Mann damals gefragt:

„Wie gefällt dir dieser Tag heute?"

„Wie gefällt er denn dir?"

„Ach, wenn es immer so sein könnte."

„Was ist denn daran so Besonderes?"

„Ah, *Baba Enika!* Wie oft legst du dein Buch weg und unterhältst dich mit deiner Frau ... so wie jetzt?"

„Aber wenn es zu viel wird, verringert sich dann nicht der Genuss?"

„Ich sage ja gar nicht, dass es viel sein muss. Einmal in der Woche würde genügen."

Und nun? Das war das einzige Mal gewesen! Ena seufzte und sah zu ihrem schlafenden Kind hinüber. Eine befriedigende Antwort hatte sie damals nicht bekommen. Sie tastete Enikas Bauch ab.

„Es geht ihr besser", sagte sie.

Zenga holte tief Luft:

„Weißt du was, *Mama Enika?*"

„Was denn?"

„Als du heute kamst, um mich zu holen, da habe ich dir nicht geglaubt, dass es Enika wirklich so schlecht ging."

„Ihr Männer glaubt nur, was ihr seht. Hatte ich es dir etwa nicht gesagt?"

„Ich dachte, du wärst aus übertriebener weiblicher Sorge gekommen. Deshalb zögerte ich mitzukommen. Es tut mir leid."

„Verzeiht eine Frau nicht immer? Ihr seid es, die Probleme mit dem Verzeihen haben!"

Zenga erzählte ihr nun, dass die Lehrerkonferenz schon früh beendet war. Er hatte jedoch gehofft, einige Arbeiten zu erledigen, bevor dann in der kommenden Woche sein Studienaufenthalt in Europa beginnen würde. Auch wollte er Shelina in ihre Arbeit einweisen.

„Habe ich dir schon gesagt, dass sie meine Stellvertreterin als Schulleiterin sein wird, wenn ich weg bin?"

„Du hast es mir gesagt, ja … Aber wird sie es auch können?"

Zenga sagte, dass jemand wie Shelina wohl kaum von einer Schule mit sieben Jahrgangsklassen überfordert sein dürfte. Hätte er nur im Entferntesten geahnt, wie verstörend diese Worte auf seine Frau wirkten, sie wären ihm sicher nicht über die Lippen gekommen. Sie riefen Ena jenen Ausspruch der Frau heute in Erinnerung, dass Zenga gebildete Menschen mochte, wie er selbst einer war, und dass die studierte Shelina ihm bereits das Geld aus der Tasche ziehe. Wenn Shelina nun Schulleiterin wurde, würde dieser Aufstieg dann nicht dazu beitragen, dass sie Zengas Liebe für sich gewinnen konnte?

Auch erinnerte Ena sich der Worte jener Frau, die alles daransetzen wollte, um Zenga zu bekommen. Da musste sie lächeln und am Ende sogar richtig lachen. Sie fragte Zenga:

„Wie war es eigentlich bei der Frau, der du den Brief gebracht hast – wie hat sie dich denn heute umgarnt? Oder hat sie es inzwischen aufgegeben?"

Es war nicht verwunderlich, dass sie Zenga diese Frage stellte, denn er selbst hatte ihr vor einiger Zeit davon erzählt, wie diese Frau ihm nachstellte.

Zenga lachte:

„Lass sie doch, sie müht sich umsonst ab. Hast du nicht gesehen, wie sie aus der Tür gespäht hat?"

„Nein."

„Als ich eintrat, flocht ihre jüngere Schwester ihr gerade die Haare."

„Ah, so."

„Ich gab ihr den Brief, sie bedankte sich und fragte, was sie mir denn zur Belohnung geben könne."

„Und was hast du geantwortet?"

„‚Was immer Sie wollen'…"

„Aha."

„Da sagte sie: ‚Warten Sie!'"

„Und du hast so getan, als ob du nichts wolltest?" Ena zwang sich zu einem Lachen.

„Ich habe ihr gesagt: ‚Meine Frau wird Sie schlagen' und bin gegangen. Deshalb ging sie, um rauszuschauen … und als sie dich sah, hat sie sich schnell zurückgezogen."

Bis zum Morgen konnte Ena nicht einschlafen. Zu viele Gedanken kreisten in ihrem Kopf.

Die Liebesmagie

Als es Enika zwei Tage später wieder gut ging, war Ena bereit, einen neuen Schritt zu wagen, um Zengas Liebe zu ihr gegen Eindringlinge zu schützen. Und so ging sie an diesem Abend zu ihrer alten Freundin *Mama Dera,* die in der Nachbarschaft wohnte.

Während sie sich begrüßten, lugte eine müde Abendsonne zwischen leichten, Regen verheißenden Wolken hervor. Sie tat ihnen gut, dort unter dem Vordach, wo sie sich hinsetzten. Als die Unterhaltung so richtig in Gang gekommen war, seufzte Ena:

„Meine Freundin, ich habe ein Problem."

„Bei dir scheinen die Probleme nie aufzuhören", sagte *Mama Dera* und lachte spöttisch. „Also – was ist es diesmal?"

Ena blickte sich um, doch es war niemand zu entdecken, der sie hören konnte. Nur einige Bananenstauden standen in der Sonne, die kleine Dera formte eine Puppe aus Ton und das Radio neben ihnen predigte Politik.

„Mein Problem ist das gleiche wie damals", sagte sie leise und zögernd. „Erinnerst du dich an die Medizin, die du mir gegeben hast, als meine Tochter etwa ein Jahr alt war?"

„*Mama Enika,* das meinst du doch wohl nicht ernst", warf *Mama Dera* ein. „Als sie ein Jahr alt war! Jetzt ist sie ein großes Mädchen – da soll ich mich noch erinnern?"

Sie schlug mit einem langen Stecken auf den Boden, um

die Hühner zu verscheuchen, die es auf den Berg Maiskörner in dem Worfelkorb[9] abgesehen hatten, der neben ihnen stand. Versehentlich traf sie das Radio und es erstarb. Aber ein erneuter Schlag ließ es weiterpredigen.

„Erinnerst du dich nicht, dass –", setzte Ena zu einer Erklärung an, doch das Husten eines Mannes ließ sie innehalten.

„Ist dein Mann da?", fragte sie vorsichtig.

„Er ist drinnen. Er ist krank, habe ich dir das nicht erzählt?"

„Dass er krank ist, hast du mir gesagt, aber nicht, dass er auch zu Hause ist – meinst du, er kann uns gehört haben?"

„Haben wir etwa schlecht über jemand gesprochen?", fragte *Mama Dera* langsam. „Selbst wenn er uns hört, was soll er uns schon anhaben?"

„*Mama Dera*, wie redest du über deinen Mann!"

„Ah, ihr lasst euch von den Männern unterdrücken – aber ich nicht. Ich habe meine Mittel, meine Liebe", prahlte *Mama Dera*. Sie bat Ena weiterzureden, ihr Mann habe in der letzten Zeit unter Schlafmangel gelitten und schlafe jetzt sicher tief. Also fuhr Ena fort:

„Erinnerst du dich an die Medizin, die du mir gegeben hast, damit ich *Baba Enika* von mir abhängig machen könnte? In einer Flasche, die ich unter der Türschwelle vergraben sollte?"

Mama Dera lächelte:

„Meine Liebe, diese Dinge habe ich neuerdings aufgegeben", sagte sie und zog das *Kanga*-Tuch, das sie über ihrem Kleid trug, so nach vorn, dass Ena den aufgedruckten Spruch erkennen konnte.[10]

---

[9] Worfelkörbe sind geflochtene flache Gefäße, mit denen das Getreide in die Luft geworfen und wieder aufgefangen wird, wobei die Spreu vom Wind weggeweht wird. Es ist im ländlichen Afrika ein Alltagsgegenstand, besonders von Frauen.

[10] *Kanga*-Tücher sind durch aufgedruckte Sprüche charakterisiert, die beim Tragen auf der Rückseite stehen. Sie dienen den Frauen zur indirekten Kommunikation.

„Lies mal, was da steht", forderte *Mama Dera* Ena auf und sah sie dabei schelmisch an. Zögernd betrachtete Ena das *Kanga*-Tuch, das *Mama Dera* ihr hinhielt. Zunächst konnte sie den Spruch nicht lesen, da es die linke Seite des Tuchs war und die Worte seitenverkehrt zu sehen waren.

„Was steht denn da?", fragte sie.

„Lies selbst."

Ena drehte das *Kanga*-Tuch auf die rechte Seite und las. Sie begann zu lächeln und brach schließlich in ein lautes, spöttisches Lachen aus.

„Der Aberglaube ist der Feind des Fortschritts", las sie laut vor.

„Na, hast du das nicht gewusst?", fragte *Mama Dera* und stimmte in ihr Lachen ein.

Ena lachte weiter, sagte aber nichts.

Unvermittelt unterbrach eine fröhliche Frauenstimme ihr Gelächter:

„Na, ihr zwei, wie lange wollt ihr noch lachen? Ich grüße euch, meine Lieben, aber ihr lacht euch nur schief."

Ena drehte sich um und erschrak. Die kräftige Frau mit der braunen Haut, die mit einem Korb voller Kürbisblüten auf dem Kopf auf dem Weg stehen geblieben war, hatte ihr gerade noch gefehlt. Es war die, die vor zwei Tagen alles daransetzen wollte, Zenga zu gewinnen! Enas Herz klopfte bis zum Hals. Sie atmete langsam aus und zwang sich, so ungezwungen wie immer zu erscheinen.

Kurz darauf beeilte sich die Frau, weiterzukommen. *Mama Dera* schaute ihr hinterher, bis sie verschwunden war, schüttelte dann den Kopf und sagte:

„Wie wunderbar Gott jedem seiner Geschöpfe etwas zuteilt."

„Wie meinst du das?", fragte Ena.

Mama Dera schüttelte immer noch den Kopf und lachte verächtlich:

„Ich meine, wenn er dir etwas gibt, enthält er dir etwas anderes vor. Er gibt dir nie alles. Schau dir diese üppige und hohe Bananenstaude an, sie hat nur einen mickrigen Fruchtstand mit wenigen Bananenreihen", führte sie ein Beispiel an. „Andere Stauden sind kurz – zum Beispiel die der Zuckerbanane –, aber ihren Fruchtstand kann ich nicht tragen, so schwer ist er. Manche haben Fruchtstände mit mehr als zwanzig Reihen von Bananen."

Ena fuhr sich mit der Zunge über die Lippen und lächelte. „Du meinst die Frau, die eben vorbeiging." Lachend wandte sie sich in die Richtung, in welche die kräftige Frau verschwunden war. „Sie sieht gut aus, aber sie wird im Leben keinen Mann bekommen."

Mama Dera hörte auf zu lachen. „Sie wird schon einen kriegen – gibt es nicht bei mir einen?", scherzte sie und warf einen Blick zu dem Fenster, hinter dem ihr Mann schlief. „Sie wird als unverheiratete Frau sterben... Sie hat es immer nur darauf abgesehen, die Ehen anderer Leute auseinanderzubringen."

Dieser letzte Satz traf Ena bis ins Mark. Aha, jeder kennt also die Machenschaften dieser Frau, dachte sie bei sich. Dann kam sie wieder auf ihr Anliegen zu sprechen, und als *Mama Dera* wiederholte, dass sie sich nicht mehr mit solchen Dingen befasse, drängte Ena: „Tu es für mich... Ich gebe dir dafür, was du willst."

„Auch Zenga?"

Sie lachten.

Hühnergackern unterbrach ihr Gespräch. Ein kraftstrotzender Hahn jagte eine Henne. Ein anderer, weitaus schwächerer Hahn kam hinzu und versuchte, den ersten zu vertreiben. Sie standen sich gegenüber, beugten die Hälse und pickten mit den Schnäbeln auf den Boden, schauten sich an und plusterten ihr Gefieder auf, als wollten sie einander sagen „Komm,... komm nur!" Anklagend wurden die Köpfe hochgeworfen und senkten sich wieder. Schon hackten sie einander die Krallen in den Bauch – der Kampf hatte begonnen.

Schließlich flüchtete der erste Hahn. Der schwächere schaute sich nach der Henne um, lief zu ihr und stolzierte um sie herum. Er küsste sie mit seinem Schnabel. Die Henne schaute ihn freundlich an!

Belustigt klatschte Ena in die Hände.

„Was es nicht alles gibt auf der Welt!", sagte sie lachend zu *Mama Dera*. „So unscheinbar dieser Hahn ist, hat er sich doch erkämpft, was er haben wollte!"

„Da stimmt sogar das Radio zu, hör mal…", rief *Mama Dera*. Aufmerksam lauschten sie und Ena hörte die wohltönende, ruhige Stimme des Nachrichtensprechers: „Der Distriktchef sagte weiter…", in die eine hohe und schneidende Stimme einfiel: „Also, meine Mitbürger – wir müssen wachsam sein, um unser Land zu verteidigen, sogar Blut vergießen, wenn es sein muss. Wie der Vater der Nation[11] selbst gesagt hat: Es ist besser, eine Nation mit zehn tapferen Menschen zu sein als eine mit tausend nutzlosen…"

Ena sagte heiter: „Siehst du, man muss um das kämpfen, was man haben möchte. Aber du sagst mir – oh! Warum bist du so ablehnend, ich verstehe das nicht – das ist nicht nett, *Mama Dera.*"

Sie lachten wieder. Dann bat *Mama Dera* Ena zu warten und ging ins Haus. Enas Gedanken wanderten zur Europareise ihres Mannes, die er in vier Tagen antreten würde.

Kurz darauf kehrte *Mama Dera* zurück. „Ich kann die Sachen nicht finden", sagte sie und setzte sich wieder. Auf Nachfragen Enas gab sie allerdings zu, dass die Mittel wohl vorhanden seien, sie aber ihren Mann nicht misstrauisch ma-

---

[11] „Vater der Nation" ist der Beiname von Julius Nyerere, Präsident Tansanias von der Gründung der Republik im Jahr 1964 bis zu seinem Rücktritt 1985.

chen wolle. „Ich werde es dir demnächst vorbeibringen – es eilt doch nicht?"

Es eilt doch nicht! Könnte *Mama Dera* Gedanken lesen, hätte sie bestimmt nicht so gefragt! Trotzdem verabschiedete sich Ena jetzt und kündigte an, bald vorbeizukommen, um die Sachen abzuholen.

Als sie aber zwei Tage später wiederkam, wollte sie schier verzweifeln. *Mama Dera* saß mit ihrem Mann auf der Veranda, in eine Unterhaltung vertieft. So blieb Ena nur kurz und verabschiedete sich ohne jede Hoffnung, dass ihrer Sache noch ein Erfolg beschieden wäre. Zengas Reise stand ja vor der Tür.

Aber *Mama Dera* ging noch einmal ins Haus. Als sie zurückkam, hatte sie sich ein hübsches *Kitenge*[12]-Tuch aus einheimischer Produktion umgebunden und begleitete Ena ein Stück. Kaum waren sie um die Ecke gebogen, blieben sie stehen und *Mama Dera* zog ein kleines Papiertütchen aus ihrem BH. Sie faltete es auf: „Siehst du dieses Pulver?"

„Ja." Ena nahm das farbige Pulver entgegen, betrachtete es genauer und fügte hinzu: „Es sieht anders aus als das erste."

„Es ist anders, ja. Weißt du, wie es angewandt wird?"

„Keine Ahnung."

„Zuerst stellst du dich in einen Eimer oder in ein großes Tongefäß mit Wasser."

„Aha."

„Dann wäschst du dich überall...den ganzen Körper... Verstehst du mich?"

„Ja! Mit Seife?"

„Nein. Du musst dich auch nicht abreiben...das Wasser muss nur überall an deinem Körper gewesen sein...an jeder Stelle."

---

[12] Ein *Kitenge* ist ein bunt bedrucktes Wickeltuch, das im Unterschied zur *Kanga* keinen Spruch trägt.

Ena lachte verlegen, denn sie stellte sich die Prozedur vor. „Und weiter?"

„Wenn du damit fertig bist, vermischst du das Pulver mit dem Wasser", fuhr *Mama Dera* mit ihrer Erklärung fort. „Aber gib dieses Pulver niemand anderem, denn ich habe es speziell für deinen Mann bestimmt."

„Aha."

„Dann nimmst du etwas von dem Wasser und kochst damit etwas Gutes für deinen Mann. Das soll er essen. Mit dem übrigen Wasser besprengst du seine Kleider. Dann wird er immer nur an dich denken, egal wohin er geht, meine Liebe."

Diesmal konnte Ena nicht lachen, zu groß waren ihre Zweifel. Ganz egal, was geschehen war, sie liebte ihren Mann, und der Gedanke, ihm ihr schmutziges Waschwasser zu verabreichen, widerstrebte ihr zutiefst. Andererseits, sagte ihr die Stimme der Versuchung, ist es ein guter und wirksamer Schutzzauber, und sie kam nicht darum herum, ihn anzuwenden, wenn sie das Beste für sich wollte. Als sie zu Hause ankam, war sie noch immer unentschlossen und dieser Zwiespalt verhinderte, dass sie noch am selben Tag eine Entscheidung traf.

Allerdings machte Zenga an diesem Abend einen Fehler. Und das völlig unbewusst. Seit Jahren hatte er Brieffreunde auf der ganzen Welt, in Deutschland, Amerika, Westafrika, Australien, England und Asien. Er kannte diese Freunde durch ihre Briefe und besaß Fotos von ihnen. Unter ihnen waren auch junge Frauen. Eine war aus Deutschland, die andere lebte in England. Zengas „Fehler" betraf die aus England.

Er saß an diesem Abend gemütlich auf der Couch, mit dem Rücken zur Tür und mit beiden Füßen auf dem Tisch. In seiner Hand hielt er das Foto der Engländerin, das er eingehend betrachtete, als wolle er sich ihr Aussehen einprägen. Ena, die sich ihm von hinten näherte, sah sich plötzlich diesem Bild gegenüber. Dabei war es nicht einmal das erste Mal, dass sie es sah, denn Zenga machte kein Geheimnis aus seinen Brieffreundschaften. Es heute zu sehen, brachte sie jedoch auf Gedanken, die sie früher nie gehabt hatte. Plötzlich stellte sie sich vor, wie es wäre, wenn Zenga und dieses schöne Mädchen sich in Europa treffen würden. Vielleicht wäre dann alles aus. Wie könnte es auch anders sein, dieses Mädchen hatte wirklich viele Briefe geschrieben! Ena hatte sie wohl lesen dürfen und sie sogar teilweise im Auftrag Zengas beantwortet. Sie war völlig durcheinander. Angesichts dieser neuen Gefahr konnte sie sich nicht mehr zurückhalten. Der Wille, nachzuhelfen und Zengas Herz gegen andere Frauen zu verschließen, war einfach zu groß.

So kam es denn, dass sich Ena tags darauf die fetteste Henne des Hofes griff und sie schlachtete. Sie wandte ihre ganze Kochkunst an und am Ende versank das Huhn in einer dicken Soße, die verführerisch duftete. Dann bereitete sie den Reis vor, indem sie Spelzen und kleine Steinchen herauslas, und weichte ihn in einem Kochtopf ein. Anschließend nahm sie einen Eimer voll Wasser und ging damit zur Badehütte. Sie zog ihre Kleider aus und stellte sich in den Eimer. Nachdem sie ihren ganzen Körper genau nach *Mama Deras* Anweisung gewaschen hatte, stieg sie wieder heraus. Sie schüttete das Pulver ins Wasser und rührte um. Nach kurzer Zeit hatte es sich aufgelöst. Wieder angezogen, schöpfte sie mit einem Kochtopf etwas von dem Wasser ab und ging damit zur Küche. Dort vermischte sie das Wasser mit ein wenig Speiseöl und setzte das Ganze aufs Feuer. Gleich darauf ging sie noch einmal zur Badehütte, füllte eine leere Dose mit dem Wasser und bespritzte damit sämtliche Kleidungsstücke Zengas, die sie im Haus finden konnte. Als sie in die Küche zurückkehrte, kochte das aufgesetzte Wasser schon. Sie schüttete den eingeweichten

Reis hinein und kochte ihn wie gewohnt. Enika spielte währenddessen draußen und Zenga war unterwegs, um sich hier und dort zu verabschieden.

Nachdem der Reis gar war, legte Ena zum Warmhalten glühende Holzkohlen auf den Topfdeckel und setzte einen neuen Topf aufs Feuer, um *Ugali*[13] zu kochen. Schließlich rief sie Enika zum Essen. Aber kaum, dass sie begonnen hatten, *Ugali* mit Hühnerfleisch zu essen, schob Enika schon den Teller zurück und wartete auf die Erlaubnis, sich die Hände zu waschen.[14] Ena fragte erstaunt: „Was ist los?"

„Ich bin satt."

„Du bist satt? Was hast du denn gegessen?"

„Nichts. Ich habe nichts gegessen."

„Was ist los mit dir, bist du krank?"

„Nein, gar nicht."

„Na, dann iss etwas, damit du satt wirst", sagte Ena und schob Enika den *Ugali* hin. „Wenn dein Vater zurückkommt, sollst du nicht bei ihm betteln...Lass ihn in Ruhe essen, er ist müde. Hast du gehört?"

„Ja."

Kurz nachdem Zenga zurückgekommen war, ging Ena in die Küche, um den Reis aufzudecken. Enika stand dabei und betrachtete den dicken Dampf, der aus dem Topf aufstieg. Es war ihr anzusehen, dass ihr das Wasser im Mund zusammenlief. Deshalb erinnerte Ena sie daran, nicht bei ihrem Vater um Essen zu betteln. Um ihren Appetit zu mindern gab sie ihr ein Stück Fleisch.

---

[13] *Ugali* ist ein fester Brei oder Kloß aus Mais- oder Hirsemehl, ähnlich einer italienischen Polenta. *Ugali* stellt, vor allem auf dem Land, die alltägliche Grundnahrung dar, während Reis eher an Festtagen gekocht wird.

[14] Da mit der rechten Hand gegessen wird, wäscht man sich vor und nach dem Essen die Hände.

Als der Reis mit der köstlichen Hühnersoße aufgetragen war, wusch sich Zenga die Hände. Er schaute Ena und Enika an. „Habt ihr schon gegessen?", fragte er. Sie bejahten, aber er meinte: „Ist es eine Sünde, nochmals zu essen?" Er begann genussvoll zu essen, wandte sich aber noch einmal an seine Tochter: „Enika... komm, iss noch was."

„Ich bin satt", antwortete Enika und schaute dabei ihre Mutter an.

„Bist du wirklich satt? Warum siehst du denn zu deiner Mutter hin? Magst du nicht einmal Fleisch?"

„Ich bin satt."

Ena mischte sich ein: „Sie schaut zu mir, weil ich ihr verboten habe, ständig zu essen. Ein Kind muss zu Hause Manieren lernen. Ich will kein Gerede, wenn mein Kind in fremde Häuser kommt."

„Und wenn sie noch nicht satt ist, soll sie dann hungrig zu Bett gehen?"

„Ein Kind wird nie sagen, dass es satt ist. Es ist immer auf gutes Essen aus."

Zenga fing wieder an: „Oh, heute ist ein Feiertag... der Tag des Abschiednehmens. Da sollten wir fröhlich zusammen essen." Und er nahm zwei Fleischstücke. Eines gab er Ena, das andere Enika.

Und so aß Zenga weiter seinen Reis... den Reis mit der köstlichen Hühnersoße... den Reis, von dem er nicht ahnte, dass er Unheil brachte.

Ein verstörender Brief

Drei Wochen nach Zengas Abreise tröstete ein erster Brief Ena in ihrem Trennungsschmerz. Zenga schrieb, dass er gut angekommen sei und bereits mitten in den Aufregungen des Studiums stecke. Von da an flossen die Briefe zwischen ihnen so lebhaft und stetig wie der Niederschlag zur Regenzeit.

Zenga war oft in Enas Gedanken gegenwärtig. Ganz besonders aber sehnte sie sich an einem ganz speziellen Tag nach ihrem Mann. Es war der Vortag ihres achten Hochzeitstages. Im Anschluss an die Spätnachrichten um zehn Uhr saß Ena allein auf ihrem Bett und hörte die Radiosendung „Aus der Ferne". Sie nahm das Foto in die Hand, das sie und Zenga am Tag ihrer Hochzeit zeigte, und betrachtete es. Sehnsüchtig erinnerte sie sich an die Feiern anlässlich der vergangenen Hochzeitstage, an denen sie sich besondere Getränke gegönnt hatten. Es waren Tage gewesen, die erfüllt waren von Gesprächen voller Liebesdingen zwischen einem Paar – Zenga und Ena.

Die Erinnerung daran brachte Enas Herz fast zum Überlaufen. Sie fragte sich, wo ihr geliebter Mann jetzt wohl sein mochte. Und so fühlte sie sich besonders einsam an diesem Tag, an dem sich ihre Hochzeit zum achten Mal jährte. Ach, wenn Zenga doch nur kommen könnte, um mit ihr zu feiern, sobald es hell würde. Ena sehnte sich danach, ihren Mann zu sehen, wenigstens im Traum.

Plötzlich hörte sie den Radioansager mit dröhnender Stimme sagen: „Die nächsten Grüße aus der Ferne gehen an: ‚Frau Ena Zenga und meine Tochter Enika Zenga im fernen Tansania und die Nachricht ist: Mir geht es bestens, ich hoffe, den beiden auch'. Ja, das sind die Grüße, die *Mwalimu* Zenga Zubwi aus der Ferne schickte – aus England." Ena lächelte glückselig und die Freude trieb sie aus dem Bett. Obwohl ihre Tochter bereits tief schlief, rief sie ihr zu: „Hörst du, wie dein Vater dich grüßt?", aber Enika verzog nur den Mund, öffnete kurz ein Auge und schlief weiter.

Die Freude über die besonderen Grüße ihres Mannes ließ Ena noch stärker die Einsamkeit spüren, die sie schon den ganzen Tag umgeben hatte. So nahm sie, anstatt wieder ins Bett zu gehen, Zengas Foto von der Wand. Froh betrachtete sie die kleinen Augen ihres Mannes, seine vollen Lippen, seinen großen Kopf. Sie ließ ihren Blick über sein Kinn wandern und dann über die gerundeten Wangen mit dem Bart. Sie konnte sogar die sechs Finger an jeder Hand erkennen und sie lächelte ihnen zu. Sie vollendeten die jugendliche und kräftige Erscheinung ihres Mannes im schwarzen Nationalanzug.[15]

Aber wie furchtbar! Ein Traum in dieser Nacht zerstörte all ihre angenehmen Fantasien und Vorstellungen. Sie träumte, dass sie mit ihrer Großmutter Mongera einen Kampf ausfocht, weil die alte Frau Zenga beschimpft hatte.

Aus diesem Traum erwachte Ena schweißgebadet. Um sie herum war pechschwarze Nacht. Sie zündete eine Sturmlampe an und schaute nach Enika. Diese lag in ihrem Bett und schien ebenfalls schlecht zu träumen. Unter Anstrengung brachte sie mit quäkender Froschstimme hervor: „Ihr seht mich nicht, nein... ihr findet mich nicht, nein."

---

[15] In der Ära des *Ujamaa*-Sozialismus trugen Beamte und Funktionäre in Tansania einen Anzug mit einfachem Kragen und aufgesetzten Taschen, der dem chinesischen Mao-Anzug nachempfunden war.

Jedes Mal, wenn Ena wieder einschlief, hatte sie schreckliche Träume. So beschloss sie schließlich, wach zu bleiben. Sie stand auf, ging ins Wohnzimmer und stickte an einer Tischdecke. Als es hell wurde, steckte sie sich ihren Ehering an und schlug den Weg zu dem Dorf ein, in dem Zengas Eltern wohnten. Sie brachte ihren Schwiegereltern, Herrn Zubwi und seiner Frau, kleine Geschenke: Salz, Zucker und *Dagaa,* kleine getrocknete Fische für eine schmackhafte Beilage zum Essen.

Auf dem Heimweg ging sie an der kleinen Poststelle vorbei. Dort gab es ein Kästchen, in das die ankommenden Briefe gelegt wurden. Jeder konnte sie anschauen und den eigenen mitnehmen. So ging auch Ena den Briefstapel durch. Sie war in der besonderen Stimmung dieses Tages – ihres achten Hochzeitstages. Und wirklich fand sie einen an sie adressierten Brief, auf dessen Rückseite Zengas Adresse stand.

Beim weiteren Durchsehen der Briefe stieß sie auf einen, der an *Mwalimu* Shelina adressiert war, an jene unscheinbare Frau, die Zengas Stelle vertrat. Kein Zweifel, auch das war Zengas Schrift! Misstrauisch drehte sie den Brief um, doch auf der Rückseite stand kein Absender. Ein Blick auf den Stempel zeigte ihr jedoch, dass der Brief ebenfalls aus England kam, genau aus der Stadt, in der Zenga lebte. Überdies waren beide Briefe am selben Tag und zur selben Uhrzeit abgestempelt worden. Zweifel bestürmten Ena und die Eifersucht regte sich in ihr. Der Brief rief ihr Shelinas und Zengas einvernehmliches Lachen in der Schule in Erinnerung und auch jene Bemerkung, dass die studierte Shelina ihrem Mann das Geld aus der Tasche ziehe. Ena schaute sich um. Da offenbar niemand sie beobachtete, nahm sie den Brief aus dem Stapel und steckte ihn in ihre Tasche.

Als Ena sich ihrem Haus näherte, wurde ihr beim Anblick des angrenzenden Geländes schwer ums Herz. Nicht etwa, weil sie den Brief an sich genommen hatte. Was sie bekümmerte, war vielmehr das hohe Unkraut, das auf den Gräbern ihrer Mutter, ihres Vaters und ihrer Großmutter Mongera wucherte.[16] Wenn diese geliebten Menschen noch lebten, wären sie an einem Tag wie diesem auf keinen Fall ohne ein Geschenk geblieben. Aber da sie nun einmal nicht mehr da waren und auch niemals wieder kommen würden, was konnte sie da für sie tun? Oh ja! Sie würde sie in ihren Gebeten bedenken, damit ihre Seelen im Himmel gut aufgehoben wären. So legte sie ihre Festtagskleider ab und die Arbeitskleidung an, zog ihren Ehering vom Finger und legte ihn in ein Kästchen, auf dem ihr Name eingeritzt war. Entschlossen nahm sie die Hacke zur Hand und begann, auf den Gräbern das Unkraut zu jäten – auf dem ihrer verstorbenen Mutter, ihres Vaters und ihrer Großmutter Mongera.

Erst als sie fertig war, ging sie ins Haus und öffnete den Umschlag, der an sie adressiert war. Darin war kein Brief, sondern eine mit Blumen bedruckte Karte. Zenga gratulierte ihr zum achten Hochzeitstag und wünschte ihr Glück. Enas Freude war grenzenlos. Sie wünschte sich Flügel, um zu ihrem Mann nach Europa fliegen zu können und ihm ihrerseits zu gratulieren und vielleicht auch, um ihn um Verzeihung zu bitten für das Zaubermittel mit dem schmutzigen Wasser, das sie ihm gegeben hatte. Sie wünschte sich das Wunder, dass sie Zenga herbeirufen könne, damit sie sich wenigstens für zwei Sekunden umarmen könnten. Da dies alles aber nicht möglich war, riss sie Zengas Bild von der Wand und drückte es wild an ihre Lippen!

Danach öffnete sie Shelinas Umschlag und überflog den Brief:

---

[16] In manchen Gegenden Tansanias werden die Toten der Familie bei den Wohnhäusern beerdigt.

Liebe Shelina,

zunächst muss ich Sie um Entschuldigung bitten für mein Schweigen. Ich bin sicher, Sie werden mir verzeihen, besonders angesichts der vielen Arbeit, die das Studium mit sich bringt. Alles in allem geht es mir gut und ich hoffe, Ihnen auch.

Shelina, Sie wissen, wie viele Jahre wir uns kennen. Seit Langem. Und sicher wissen Sie auch, dass ich immer ernsthaft mit Ihnen war. Ich sage dies deshalb, damit Sie nicht denken, dass das, was ich Ihnen schreibe, ein Scherz sei.

Ich fühle mich schon lange zu Ihnen hingezogen: kurz, ich liebe Sie, Shelina ... wahrlich, ich liebe Sie.

Worum ich Sie bitte, ist dies: Wäre es für Sie denkbar, dass wir uns nach meiner Rückkehr verloben?

Vielleicht werden Sie fragen, wie das möglich sei, wo ich doch eine Frau habe. Wenn dem so ist, so sage ich Ihnen: Ich möchte eine zweite Frau, um meinen Hunger nach Kindern zu stillen. Sie wissen ja sicher, dass Ena mir ein einziges Kindchen in acht Jahren geboren hat.

Ich hoffe, dass Sie mit der Arbeit gut zurechtkommen. Radio Tansania schallt laut hier im Ausland. Gerade kürzlich hörte ich, dass Ihr eine Jugendabteilung der TANU[17] an unserer Schule gegründet habt. Gratuliere, Mwalimu, schließlich ist die Jugend der Schild der Nation. So wünsche ich Ihnen alles Gute, mögen Sie weiter voranschreiten in dieser patriotischen Gesinnung beim Aufbau eines Tansania von morgen.

Ihr Zenga

---

[17] Die Tanganyika African National Union (TANU) kämpfte unter der Führung von Julius K. Nyerere erfolgreich für die Unabhängigkeit Tanganyikas von britischer Verwaltung, die im Dezember 1961 erreicht wurde. Nach der Revolution auf Sansibar 1964 vereinigten sich Tanganyika und Sansibar im gleichen Jahr zur Vereinigten Republik Tansania. Die TANU als Festlandspartei und die sansibarische Afro-Shirazi Party (ASP) fusionierten 1977 zur Chama Cha Mapinduzi (CCM; Swahili: Partei der Revolution).

Als sie den Brief fertig gelesen hatte, waren Enas Augen ganz rot geworden. Sie stöhnte laut: „Aha, so also ist Zenga!" Der Schmerz drang wie ein vergifteter Pfeil in ihr Herz. „Oh, Mama – was habe ich falsch gemacht, ich Unglückselige!", klagte sie und wankte. „Er schreibt ihr ‚ein einziges Kindchen in acht Jahren!' Tue ich das vielleicht absichtlich? Als ob ich keine Kinder wollte – bei Gott." Und so begann sich das Vertrauen in Zengas Liebe, das er durch seinen Glückwunsch bestärkt hatte, in ihr aufzulösen.

Noch bevor Ena vollends in ihren Gedanken versinken konnte, hörte sie die Stimme einer Frau rufen:

„Ist hier jemand... *Hodi, Mama Enika!*"

„Wer ist da? – *Karibu*", antwortete sie matt und traurig.

Die Frau hatte sie offenbar nicht gehört und rief laut: „Genießt ihr hier den Mittagsschlaf? – *Hodi* zum Zweiten", dabei näherte sie sich mit vorsichtigen Schritten. „Na, *Mama Enika* – was gibt es Neues seit zwei, drei Tagen? Wir sehen uns gar nicht mehr", grüßte Shelina, als sie Ena erkannte.

Ena atmete tief ein und ihre Haare sträubten sich. „Ach, es geht uns gut, meine Liebe", sagte sie und war hin- und hergerissen zwischen zwei inneren Stimmen. Die eine stachelte sie an „Geh auf sie los", die andere bat „Reg dich nicht auf, Ena". Im nächsten Augenblick fuhr sie fort: „*Karibu*... Wie geht's?"

Dabei faltete sie den Brief zusammen und schob ihn zwischen Bücher.

Nach einem kurzen nichtssagenden Gespräch fragte Shelina, ob Zenga ein bestimmtes Buch zurückgelassen habe, das sie für den Unterricht brauche. Nachdem ihr der Bücherschrank gezeigt worden war, suchte sie darin und fand es schließlich. Kurz danach verabschiedete sie sich.

Kaum war ihre Besucherin aus der Tür, las Ena noch einmal jenen unglaublichen Brief. „Zenga wagt es tatsächlich zu sagen ‚Ena hat mir in acht Jahren ein einziges Kindchen geboren'?" Sie begann zu weinen. Das ganze Glück dieses achten Hochzeitstages war begraben. Andererseits überlegte Ena: Welche Gewissheit hat Zenga eigentlich, dass Shelina ihm Kinder schenken wird? War es vielleicht deshalb, weil diese Frau schon einmal verheiratet war und ein Kind gehabt hatte? Kind und Mann waren beide bei einem Autounfall ums Leben gekommen. Aber das war die einzige Sicherheit, dass sie auch mit Zenga Kinder haben könnte. Konnten sie wissen, ob ihr Blut sich vertrug?

Ena konnte nicht glauben, dass Zenga genug von ihr hatte. Genauso wenig konnte sie glauben, dass sie es weiterhin genießen könnte, eine Ehefrau genannt zu werden, wenn sie ihren Herrschaftsbereich mit einer anderen Frau teilen müsste. Um ehrlich zu sein, allein das Wort „Polygamie" – nein, es war ein zu schrecklicher Gedanke.

Nach langem und verzweifeltem Nachdenken erkannte sie, dass die Magie bei ihrem Mann ohne Wirkung geblieben war. Außerdem wurde ihr klar, dass, wenn das Anliegen Zengas wirklich die Kinder waren, sie etwas unternehmen musste, um welche zu bekommen.

Es war erst sieben Uhr am Abend, als sie diesen Entschluss fasste. Dennoch warf sie sich aufs Bett, um Schlaf zu suchen. Und als sie eingeschlafen war, schnarchte sie laut: „Keine Kinder, kein Zenga…keine Kindea…kein Zenga…keine Kinder. Kein Zenga!"

Tiefes Unglück

Nach kurzem unruhigem Schlaf wachte Ena auf und ihre Gedanken kreisten sofort wieder um den Brief. Sie begann die Arbeit des nächsten Tages zu planen, um genügend Zeit für einen Besuch bei Dunda, dem Heiler, zu haben. Könnte sie mit seiner Hilfe vielleicht die Kinder bekommen, die Zenga sich so sehnlich wünschte, und wäre Zengas Liebe, die zu Shelina zu wechseln drohte, auf diesem Weg zu retten?

Plötzlich hörte sie Enika auf eine beängstigende Art stöhnen. Das Kind musste Schmerzen haben. Ena zündete die Lampe an und sah, dass Enika schweißgebadet war und am ganzen Leib wieder so sehr zitterte, dass ihr Bett wackelte. Ena tastete sie ab. Zu ihrem Entsetzen verzog Enika den Mund zu einer Grimasse und verdrehte die Augen. Sie fuchtelte wild mit Armen und Beinen. Schließlich verfiel ihr ganzer Körper in einen Krampf und sie wurde bewusstlos.

„Enika, Kind, was machst du mir Angst! Ich liebe dich so sehr... genauso wie dein Vater – ach, was tust du mir an! Mein liebes, erstes, einziges Kind! Was soll ich tun, wen kann ich um Rat und Hilfe bitten, ich bin ja ganz allein!", klagte Ena.

Ihre Hände zitterten, als sie sie auf Enikas Wangen legte. Die glühten. Das Fieber war übermäßig hoch. Ena warf sich verzweifelt auf ihr Bett. Sie wusste weder ein noch aus.

Das entfernte Weinen eines Säuglings aus dem Nachbarhaus drang durch die Nacht. Also mussten die Nachbarn wach sein. Ena nahm kurzentschlossen die Lampe und ging zur Tür, um bei ihnen um Hilfe zu bitten. Doch als sie aus der Haustür trat, fand sie sich in einer eigentümlichen Dunkelheit wieder, die anders war als sonst – drohte hier nicht Unheil? Obwohl sie nur fünfzig Schritte von den Nachbarn trennten, fürchtete Ena um ihre Seele. Sie zögerte.

Kurz darauf aber klang der beruhigende Singsang der Nachbarin herüber:

„Schlaf, mein Kind. Sei still – es ist tiefe Nacht. Schlaf, Väterchen... sonst beißt dich der Hund." Ohne noch weiter nachzudenken, warf Ena sich in die Nacht.

Als sie an der Haustür der Nachbarn angekommen war, rief sie schnell:

„*Hodi!*"

Stille. Die Stimme, die das Kind beruhigt hatte, war verstummt.

„*Hodi* da drinnen!"

Stille.

„*Hodi!*"

Stille.

„Ihr da drinnen...!"

Eine Männerstimme fragte schließlich laut: „Wer ist da?"

„Ich bin's, *Mama Enika*," antwortete Ena, die natürlich auch wusste, dass man nachts nicht auf ein „*Hodi*" antwortet, um nicht am Ende einen dämonischen Geist hereinzulassen.

Die Stimme antwortete:

„Oh Sie, *Mama Enika*, kommen Sie herein."

„Danke; ich bleibe nicht. Enika geht es sehr schlecht. Ein Notfall."

Jetzt meldete sich die weibliche Stimme:

„Es geht ihr schlecht? Oh, was hat sie denn schon wieder – und mitten in der Nacht? Warte, wir machen dir auf."

Nach einem kurzen Lagebericht kehrte Ena rasch in ihr

Haus zurück, während die Nachbarn sich bereit machten, herüberzukommen. Nur wenig später waren sie da. Enika war noch immer bewusstlos, aber das Fieber begann zu sinken.

Ena machte Wasser warm und kümmerte sich dann zusammen mit der Nachbarin um Enika.

„Streck hier – zieh dort – fass hier an – drück dort." Gemeinsam gelang es ihnen, Enika wieder zu Bewusstsein zu bringen.

Als es hell wurde, betrachtete Ena die Kranke, die matt im Schoß der Nachbarin lag. Ihr Mund und ihre Augen sahen wieder menschlich aus. Ena streichelte ihren Kopf und nahm ihre kraftlose Hand.

„Oh, Enika, mein Kind, was ist mit dir?"

Aber Enika konnte nicht antworten. Sie fand nicht einmal die Kraft, die Augen zu öffnen und ihre Mutter anzusehen. Schließlich bewegte sie ihren Mund wie eine wiederkäuende Ziege. Die Nachbarin sah das Mädchen mitleidig an, dann schüttelte sie den Kopf und sagte zu Ena:

„Koch ihr eine Mehlsuppe."

Und ihr Mann fügte hinzu:

„Mir scheint, es geht ihr etwas besser." Dabei wischte er sich den Schlaf aus den Augen. „Man sollte sie jetzt zum Hospital bringen."

Ena fühlte wieder die Wangen ihres Kindes, richtete sich dann auf und streckte ihren Rücken.

„Ich weiß nicht, wo ich einen Rücken herkriegen soll, der sie zum Hospital tragen kann."

Wäre Zenga da, würde das Motorrad dieses Problem lösen.

„Am Rücken soll es nicht liegen. Wir sind ja hier und werden Ihnen helfen."

Während Ena im Küchenschrank nach einem Topf für die Mehlsuppe suchte, ergriffen wieder Zengas Worte von ihren

Gedanken Besitz: „Ich möchte eine zweite Frau, um meinen Hunger nach Kindern zu stillen. Sie wissen ja sicher, dass mir Ena nur ein einziges Kindchen in acht Jahren geboren hat –."

Zenga mit seiner großen Sehnsucht nach Kindern – was wird er sagen, wenn er hört, dass sein einziges Kind – ah… Dieser Gedanke setzte sich in Ena fest und wanderte durch ihren Kopf. Dabei war ihr klar, dass sie Enika ins Hospital bringen musste, damit man ihr nicht vorwerfen könne, dass –. Aber das würde nicht geschehen, wenn sie Enika nur ins Hospital brachte.

Nachdem Enika etwas von der Mehlsuppe gegessen hatte, nahm die Nachbarin sie auf ihren Rücken und sie machten sich zusammen auf den Weg, um die Kranke zum Hospital zu bringen. Der Zufall wollte es, dass Ena und ihre Begleiterin unterwegs Zubwi, Enas Schwiegervater, begegneten. Sie berichteten ihm von der schweren Krankheit seiner Enkelin und dass sie auf dem Weg zum Hospital waren.

Dort bildeten die wartenden Kranken bereits eine lange Schlange. Ena setzte sich etwas abseits und nahm Enika auf den Schoß, während ihre Begleiterin langsam in der Reihe vorrückte. Enika begann jetzt wieder zu krampfen und zu schwitzen.

Glücklicherweise bat eine der Kranken – eine etwas ältere Frau – die anderen:

„Leute, wir alle sind krank, aber unserer Leidensgenossin dort geht es richtig schlecht. Wollen wir sie nicht vorlassen?"

Zunächst stellten sich alle taub und schauten nur zu Ena und Enika herüber. Da fügte die Frau hinzu:

„*Mama*,[18] gehen Sie rein. Wir kennen alle die Sorgen um Kinder."

---

[18] Die Anrede mit Verwandtschaftsbegriffen ist in Ostafrika gebräuchlich. Eine Frau wird mit *Mama* angesprochen, ein Mann entsprechend mit *Baba*, ein gleichaltriger Mann kann mit *Kaka* (Bruder), eine gleichaltrige Frau mit *Dada* (Schwester) angesprochen werden.

Ena stand auf und nahm Enika auf den Arm. Als sie die Tür erreichte, wo der Erste in der Schlange stand, hörte sie eine barsche männliche Stimme sagen: „Stellen Sie sich gefälligst hinten an. Oder meinen Sie etwa, nur weil Sie die Frau des Lehrers sind...?"

Mehrere Stimmen erhoben sich, als Ena zur Seite ging und sich wieder hinsetzte. Viele schimpften leise auf den Mann: „Was du heute deinem Nächsten antust, wird morgen dir geschehen" oder „Ihr könnt nur Kinder machen, die Sorgen des Großziehens kennt ihr nicht – gehen Sie nur vor, *Mama,* wer sollte hier kein Mitleid haben?"

Aufgrund des Lärms kam die Arzthelferin aus dem Sprechzimmer. Sie stand in der Tür und fragte:

„Was ist denn hier los?" Man erklärte ihr, was vorgefallen war, und nachdem sie sich Enika selbst angesehen hatte, sagte sie:

„Bringen Sie sie herein, *Mama.*"

Drinnen wurde Ena von der Ärztin begrüßt:

„Kommen Sie herein, Frau Zenga. Was fehlt Ihrem Kind?"

„Es geht ihr sehr schlecht. Sie hat hohes Fieber und Krämpfe. – Wie geht es Ihnen?"

„Gut", antwortete die Ärztin, während sie Enika abtastete und ihr ein Fieberthermometer unter die Achsel schob.

„Hustet sie?"

„Nein, überhaupt nicht. Sie ist nur sehr heiß und ausgetrocknet. In der Nacht war sie bewusstlos."

Die Ärztin zog das Fieberthermometer unter Enikas Arm hervor und betrachtete es. Schließlich sagte sie: „36,6 Grad. Kein Fieber." Ungläubig maß sie noch einmal die Temperatur. Wieder waren es 36,6 Grad!

Enika sollte nun die Zunge herausstrecken. Da sie aber nicht in der Lage war, den Mund zu öffnen, halfen ihr die Ärztin und Ena dabei. Anschließend setzte die Ärztin das Stethoskop auf Enikas Brust, steckte sich die Stöpsel in die Ohren und lauschte. „Ich kann überhaupt nichts feststellen", sagte sie. Ena war ratlos. Sie wusste nicht, was sie tun sollte.

Nach kurzem Nachdenken sagte die Ärztin:

„Wahrscheinlich ist es ein periodisches Fieber. Ich werde ihr heute eine Spritze geben und Blut für eine Untersuchung abnehmen. Kommen Sie übermorgen wieder und bringen Sie auch eine Stuhlprobe mit. Ich werde Ihnen Tabletten mitgeben. Geben Sie Ihrem Kind dreimal täglich eine davon."

Nachdem die Untersuchung abgeschlossen war, nahm die Nachbarin das kranke Kind wieder auf den Rücken und sie machten sich zusammen auf den Heimweg. Unterwegs erinnerte sich Ena an bestimmte Kräuter, die ihre verstorbene Großmutter Mongera als fiebersenkendes Mittel benutzt hatte. Es waren die Blätter einer Kriechpflanze, die besonders in Niederungen wuchs. Also pflückte sie unterwegs solche Blätter und nahm sie mit nach Hause.

Am Abend kehrte das Fieber zurück und diesmal war die Nachbarin nicht da. So oft Ena zu ihrem Kind sah, überkamen sie Zweifel und Angst. Sie dachte daran, zu Dunda zu gehen, um ein Orakel machen zu lassen. Aber das war schwierig. Erstens konnte sie Enika nicht alleine lassen und zweitens waren Dundas Orakel in gewisser Hinsicht unanständig. Es dauerte jedoch nicht lange, da begann das Kind wieder den Mund zu verziehen und die Beine unkontrolliert hin- und herzuwerfen. Ena hob sie auf und machte sich tränenüberströmt auf den Weg zu Dunda.

Sie hatte kaum zehn Schritte gemacht, als aus einer Seitengasse die Stimme einer alten Frau nach ihr rief. Als Ena sich umsah, kam Zengas Mutter auf sie zugelaufen. Ena blieb stehen und entschuldigte sich, sie nicht gesehen zu haben. *Mama Zenga* fasste Ena, deren Rücken bereits schmerzte, am Arm:

„Wie solltest du mich auch sehen, *Mama*, in diesem ganzen Elend! Aber wohin bist du unterwegs?"

„Ach, ich weiß mir nicht mehr zu helfen. Hast du Vater getroffen?"

Mama Zenga berichtete, dass er bereits zu Hause gewesen war und ihr alles erzählt hatte. „Was gibt es Neues vom Hospital?", erkundigte sie sich.

„Das ist eine seltsame Geschichte. Sie haben das Kind untersucht und untersucht, aber nichts gefunden. Schließlich wurde ihr nur Blut abgenommen – übermorgen sollen wir das Ergebnis bekommen."

Als sie das hörte, begann *Mama Zengas* Herz so zu pochen, dass das *Kanga*-Tuch über ihrer Brust in Bewegung geriet. Aufgeregt fragte sie:

„Soll das heißen, dass sie keine Medizin bekommen hat?"

„Eine Spritze hat sie bekommen, aber ich glaube, das war ein Versuch auf gut Glück. Nachdem wir nach Hause zurückgekehrt waren, ging es Enika wieder sehr schlecht. Jetzt wollte ich versuchen, herauszufinden warum – bei Dunda –."

Nach ein paar weiteren Fragen äußerte *Mama Zenga* die Befürchtung, dass ein Besuch bei Dunda nicht hilfreich sei.

„Wir haben selbst verschiedene Mittel – lass uns zurückgehen und sehen, was wir tun können." Ena zögerte zunächst, doch dann erklärte sie sich bereit, umzukehren.

Die beiden Frauen waren schon eine Weile wieder zu Hause, als sie von draußen eine weibliche Stimme „*Hodi!*" rufen hörten. Ihrem „*Karibu!*" folgte das „Noch ein *Hodi!*" einer Männerstimme.

„Kommt nur herein", erwiderte Ena matt. Als sie das erste Gesicht sah, sagte sie:

„Oh, Shelina, *karibu*." Und als das zweite sichtbar wurde, lud sie es mit einem „*Karibu* … oh …. *karibu*, Onkel" ebenfalls ein.

Mama Zenga, die auf dem Bett saß, rückte zur Seite, um den Gästen Platz zu machen und sagte:

„Kommen Sie, *Baba*."

„Ach – bleiben Sie nur sitzen, *Mama*", erwiderte *Mwalimu* Ndago, „wir können doch stehen."

Aber *Mama Zenga* war beharrlich.

„Setzen Sie sich, *Mwalimu*", sagte sie, stand auf und ließ sich auf dem Teppich nieder.

Ndago, der Bruder von Enas verstorbener Mutter, beugte sich über Enika und betrachtete sie voll Kummer. Schließlich setzte er sich auf den Teppich und wandte sich an *Mama Zenga*:

„Setzen Sie sich doch aufs Bett, *Mama*."

Auch Shelina trat zu der Kranken.

„Oh, was für ein Fieber hat sie dieses Mal! Wie geht es ihr denn jetzt?"

„Ach, meine Liebe, es geht ihr einfach schlecht. Wie geht es Ihnen?"

„Ganz gut, *Mama Enika*. Ich bin nur ein bisschen erkältet. Ich war beim Hospital und erfuhr, dass auch Sie mit Enika dort gewesen waren – und wie schlecht es ihr geht."

Nach einer langen Unterhaltung ging Shelina wieder. *Mama Zenga* beschloss, bei der Kranken zu wachen. Ndago bekam den Auftrag, zu Zubwi zu gehen. Dieser sollte nach Tagesanbruch so schnell wie möglich die benötigte Medizin beschaffen. Ndago machte sich auf den Weg und schickte, als er bei sich zu Hause angekommen war, eine seiner Töchter über Nacht zu Ena.

In der frühen Morgendämmerung kam Zubwi und ließ sofort ein Herdfeuer anzünden. Hastig durchwühlte er seine Manteltasche und förderte einen Haufen seltsamer Dinge zutage. Darunter befanden sich ein Stück Zibetkatzenfell, ein Rüsselkäfer und verschiedene Wurzeln. Dann ging er zur Haustür. Er riss ein kleines Stückchen Holz von der Schwelle ab und kehrte damit ins Zimmer zurück. Anschließend verlangte er ein Stück schwarzen *Kaniki*-Stoff[19]. Ena sah ihn nachdenklich an:

„Ich glaube nicht, dass ich *Kaniki*-Stoff habe."

„Bringt mir einfach irgendeinen Fetzen schwarzen Stoff, das wird ausreichen."

Ena schaute überall nach, fand aber nichts Passendes. Als sie schließlich vor dem Haus nachsah, lag dort ein abgerissenes Stück der schwarzen Bespannung eines Regenschirms. Sie ging damit ins Haus zurück und fragte, ob es vielleicht geeignet sei, doch ihre Frage wurde verneint. Da begann *Mama Zenga* an ihrer Kleidung zu nesteln. Und als sie ihr *Kanga*-Tuch öffnete, kam darunter ein *Kaniki*-Tuch zum Vorschein.

„Ein kleines Stück reicht doch?", fragte sie.

„Ein Streifen genügt."

Also riss *Mama Zenga* ein Stück ihres *Kaniki*-Tuches ab und gab es Zubwi.

Zubwi band all seine seltsamen Dinge in das *Kaniki*-Tuch und kochte das Ganze in Wasser auf. Von dem Sud gab er Enika zu trinken. Den zugebundenen Beutel hängte er ihr um den Hals.

Um zwölf Uhr mittags gab Enikas Zustand Anlass zur Hoffnung. Sie konnte nicht nur wieder sprechen, sondern verlangte sogar nach Taro-Brei und Eiern. Das Gewünschte wurde gebracht und sie aß alles auf einmal auf.

Aber nachts begann sie wieder zu zittern wie in der ersten Nacht, und ihre Temperatur stieg stark an. Unvermittelt ver-

---

[19] *Kaniki* ist die Bezeichnung für Wickeltücher aus schwarzem Baumwollstoff. Dieser Stoff ist sehr billig und als Kleidung charakteristisch für arme Frauen in ländlichen Gebieten. Es wird über der Brust befestigt.

zog sie den Mund, verdrehte die Augen und verfiel in einen Krampf. Ena brachte ihr wieder Eier und bat sie zu essen, doch Enika lehnte ab. Es gelang ihr nur ein kleines Lächeln.

„Mama...", rief sie. Aber auf Enas Erwiderung sagte sie nichts mehr. Stattdessen erschlaffte sie. Sie hatte diese Welt verlassen!

Beim Heiler

Zwei Wochen waren vergangen; Ena brach nach wie vor in Tränen aus, sobald sie an Enika dachte. Aber es quälten sie auch andere, unaussprechliche Gedanken. Sie stellte sich Zengas bitteren Schmerz vor, der ihn seit dem Erhalt ihres Briefes quälen musste. Sie hatte ihm darin von dem Unglück berichtet, das ihnen beiden wie ein Messer in die Seele schnitt. Für Ena wog es genauso schwer wie Zengas ungeheuerliche Absicht, ihr Leben auf den Kopf zu stellen, die er in dem Brief an Shelina offenbart hatte.

Über diesen Gedanken wuchsen Enas Zweifel zu einer dornigen Hecke in ihrem Kopf. Es schien ihr vollkommen klar, dass der Tod ihres ersten und einzigen Kindes auch Zengas Verhältnis zu ihr mit ins Grab reißen würde. Daher machte sie sich eines Abends auf zum Heiler Dunda. Ihm wollte sie den Kummer anvertrauen, der ihr wie ein Stein auf der Brust lag und die Luft zum Atmen nahm.

Als sie bei Dunda ankam, war der ganze Hof wie ausgestorben. Das war ungewöhnlich für diesen Ort. Sie schaute in die Halle des großen Rundhauses, in dem Dunda normalerweise seiner Arbeit nachging. Auch diese war menschenleer. Langsam ging sie um das Rundhaus herum, ohne jedoch jemanden zu entdecken. Also kehrte sie zum Eingang zurück. Aus Gewohnheit wollte sie schon *Hodi* rufen, schaffte es aber gerade noch, ihre Lippen geschlossen halten. Wer wäre sie, wenn sie nicht wüsste, dass man in Dundas Anwesen nur *Hodi* rufen musste, um seine Feindschaft auf sich zu ziehen? Vielleicht sollte sie wortlos an die Tür klopfen? Ah – welch ein schlechter Scherz! Seit wann ist an einer Tür aus Schilfstengeln ein Klopfen zu hören?

Das Flattern von Vögeln scheuchte Ena aus ihren Gedanken auf. Zwei Tauben, die mit ihren Krallen nur knapp ihr Gesicht verfehlten, ließen sich auf dem Dach des Hauses nieder. Ena bemerkte verwundert, dass einer Taube ein Amulett aus dem Schnabel hing, samt einem Zettel, der mit arabischen Schriftzeichen bedeckt war.

Aber was ist das? Sieh doch diese Taube, wie sie unvermittelt in Zuckungen verfällt und im nächsten Augenblick mausetot ist!

In Enas Herz machte sich Angst breit. Vermutlich war die eben verendete Taube geschickt worden, um einer Seele Schaden zuzufügen, hatte es dann aber mit einer stärkeren Macht zu tun bekommen. Wenn also Dunda ein so mächtiger Mann war, müsste er eigentlich in der Lage sein, ihre Probleme zu lösen!

Aber nun – ah…Es war niemand da. Sollte sie vielleicht husten? Ja…Ena versuchte es. Aber ihre Kehle war noch wund und trocken von der Totenklage, die erst ein paar Tage zurücklag. Der dünne Ton, den sie zustande brachte, konnte nicht besonders weit zu hören sein. Also versuchte sie es noch einmal mit mehr Kraft. Sie drückte sich sogar auf den Brustkorb, um auch den letzten Rest Luft herauszupressen.

Im nächsten Augenblick kam ein älterer Mann aus einem angrenzenden Raum in die Halle. In der Mitte blieb er stehen. Er hatte ein beigefarbenes Tuch um die Hüften geschlungen. Darüber trug er eine kragenlose Weste aus schwarzem *Kaniki*-Stoff und auf seinem Kopf saß ein brauner Strohhut, um den ein schwarzes, perlenbesticktes Band geschlungen war. Als er Ena sah, kam er auf sie zu und nahm sie an der Hand, um sie in die Halle zu führen. Dabei sagte er großspurig:

„Nun, meine Enkelin[20], komm nur herein. Wovor fürchtest du dich? Fühl dich hier ganz wie zu Hause!"

Ena ließ ihre Sandalen an der Tür und betrat die Halle. Nachdem sie sich auf dem Leopardenfell, das auf dem Boden lag, niedergelassen hatte und die Begrüßungsformeln ausgetauscht waren, fing sie an:

„Ich habe ein Problem, Großvater."

„Probleme gehören zu unserer Welt, meine Enkelin. Unsere Vorfahren haben gesagt, wo es keine Probleme gibt, gibt es auch keine Menschlichkeit. Was bedeutet das? Der Mensch wurde geschaffen und danach mitten in eine Wildnis aus Dornensträuchern geworfen. Nun kommt es auf ihn an, die Dornen beiseitezubiegen, damit er hindurchgehen kann. Wenn er bloß abwartet, dass ihm eine höhere Macht hilft, werden sie ihn stechen."

„Da haben Sie recht, Großvater. Wenn man immer nur etwas von Gott fordert, wird er einem am Ende eine Verletzung geben."

„Das hast du gut gesagt, meine Enkelin. Deshalb mag ich euch Kinder, die ihr in die Schule gegangen seid. Ihr wisst den Alten süße Worte zu sagen. Gott hat dem Menschen viele Wege gegeben, um mit den Dornensträuchern fertig zu werden. Wenn er sie unter seinen Füßen zertreten will – in Ordnung. Oder, wenn er sie lieber aufessen will, damit sie sich im Magen auflösen – auch das ist in Ordnung."

---

[20] Der Heiler Dunda spricht Ena mit „Enkelin" an und sie ihn mit „Großvater", obwohl die beiden nicht miteinander verwandt sind. Zur Anrede mit Verwandtschaftsbegriffen siehe auch Fußnote 17.

Ena hatte längst genug von diesem Gerede, aber sie lächelte.

„Jeder Mensch hat seinen Kummer, wundere dich nicht darüber. Das Kind hat seine Dornensträucher...vielleicht ist sein Vater zu streng, vielleicht muss es zu viel für die Eltern erledigen, und so weiter und so weiter. Der Erwachsene hat seine Dornensträucher...vielleicht Streit mit dem Ehemann oder Einsamkeit oder Armut, vielleicht hat er keine gute Arbeit und so weiter. Sogar ich, Dunda, habe meine Dornensträucher...manchmal sind die Klienten zu viele und ich kann sie nicht alle behandeln, manchmal verlieben sich verheiratete Klientinnen in mich, und ich muss fürchten, ihre Ehe zu zerstören. Und auch du hast deine Dornensträucher. Meine Enkelin, was ist dein Problem?"

Ena atmete schnell:

„Ah, Großvater...Ohne Zweifel haben Sie davon gehört, was mir zugestoßen ist."

„Wie sollte ich nicht davon gehört haben, wo wir Leute hier doch in den Dörfern herumkommen! Ich habe davon gehört, ich bin zum Trauerhaus gekommen, ich habe Geld für das Leichentuch gegeben, sogar zum Grab habe ich sie begleitet. Aber wie hättest du mich sehen sollen, meine Enkelin, bei so vielen Leuten, die da waren?"

„Sie haben recht, Großvater."

„So ein Problem erfordert ein Orakel, meine Enkelin. Aber leider lassen sich die Geister heute nicht rufen, sie machen eine Pause. Siehst du, wie verlassen mein Anwesen ist?"

„Das heißt, dass das Orakel heute nicht zu machen ist?"

„Genau das wollte ich sagen. Du hast richtig gehört, meine Enkelin. Jedes Ding hat seine Ordnung. Und in meiner Arbeit bestimmen die Geister alles, ich leite sie nur. Aber jedes Jahr müssen sie sieben Tage ausruhen. Heute ist der erste Tag – welchen Tag haben wir heute?"

„Sonntag."

„Sonntag...Montag, Dienstag, Mittwoch, Donnerstag, Freitag, Samstag", zählte Dunda an seinen Fingern ab, „das sind schon sieben. Also, komm nächsten Sonntag wieder."

Ena kratzte sich am Kopf. Wann würde Zenga aus Europa zurückkommen? Es war nicht einmal mehr ein Monat bis dahin. Sollte sie diese Zeit mit Warten vertrödeln? Das konnte nicht sein...Aber was sollte sie tun? Sie hatte keine Wahl. Also antwortete sie kleinlaut:

„Dann gehe ich jetzt."

Schon im Morgengrauen des folgenden Sonntags war Ena bei Dunda. An der Menge der Leute, die bereits anwesend waren, konnte man erkennen, dass einige wohl die Nacht dort zugebracht hatten. Als Ena die Halle betrat, sah sie einen Getreidemörser, der umgekehrt auf das Leopardenfell gestellt war. Darauf stand ein mit Ruß überzogener Kochtopf aus Ton. Sie sah zum Firstbalken hoch und entdeckte dort einen herabhängenden Lappen aus *Kaniki*-Stoff.

Nachdem sie ihr Problem erläutert hatte – nämlich dass sie herausfinden musste, was Enika getötet hatte und warum sie keine weiteren Kinder bekam –, nahm Dunda ein Bündel aus zerriebenen Blättern und warf es in den Tontopf. Dann forderte er Ena auf: „Also, meine Enkelin, wirf das, was dich hierhergebracht hat, in diesen Topf."

Ena legte zwei Münzen hinein, wie ihr gesagt worden war, und sagte: „*Chingira.*" Das bedeutet: Was zum Heiler gekommen ist, bleibt bei ihm. Darauf nahm Dunda den Lappen aus *Kaniki*-Stoff und spannte ihn über die Öffnung des Topfes. Dabei sagte er: „Oh Kindulundulu, ich höre, dass du der oberste Heiler bist. Ich möchte, dass du mein Orakel sprechen lässt. Sage mir nichts Falsches, sage mir nur die reine Wahrheit." Nachdem Dunda diese Worte gesprochen hatte, befahl er Ena, auf den Topf zu steigen. Dabei fiel Ena wieder ein, dass Dundas Orakel den Ruf hatten, unanständig zu sein. Misstrauisch raffte sie ihr weites Kleid zusammen und steckte den Stoff zwischen ihre Beine. Da sie sah, dass dies nicht viel half, nahm sie das *Kanga*-Tuch, das sie über dem Kleid trug und band es um ihre Hüften, so dass es bis zu ihren Füßen reichte. Sie kletterte auf den Rand des Topfs und hielt sich mit beiden Händen an den Dachbalken fest. Dann folgte sie der Aufforderung, mit aller Kraft den Topf niederzudrücken.

Dunda legte sich rücklings auf das Leopardenfell und nahm den Mörser zwischen seine Beine. Dann begann er auffordernd zu sprechen:

„Los, Kindulundulu … Kolero Kindulundulu … Ngurui Kindulundulu … Seuta Kindulundulu … Kazoba Kindulundulu[21] … Los, Kindulundulu, bestätige es: Das Kind ist durch den Willen Gottes gestorben: Dreh dich, damit wir es sehen …"

Nichts.

Er fuhr fort:

„Los, Kindulundulu … Kolero Kindulundulu … Ngurui Kindulundulu … Seuta Kindulundulu … Kazoba Kindulundulu. Das Kind wurde verhext, dreh dich, damit wir es sehen."

Nichts.

In der gleichen Art nannte Dunda andere mögliche Ursachen, aber der Topf schien sich nicht drehen zu wollen.

Als Dunda aber sagte: „Los, Kindulundulu … Kolero Kindulundulu … Ngurui Kindulundulu … Seuta Kindulundulu … Kazoba Kindulundulu. Das Kind ist gestorben, weil den Ahnen der Familie nicht geopfert wurde – dreh dich, damit wir es sehen", da fing der Topf langsam an, sich zu drehen, ohne dass Ena ihn mit ihren Füßen festhalten konnte. „Los, Kindulundulu, wenn es wegen eines unterlassenen Ahnenopfers ist,

---

[21] Der Autor lässt den Heiler Geister aus verschiedenen Gegenden Tansanias anrufen. Damit setzt er ein Zeichen gegen den Ethnozentrismus. Der Geist Kolero wird von den Luguru in der Gegend von Morogoro (der Heimat des Autors) verehrt.

dann dreh dich in die andere Richtung." Da drehte sich der Topf plötzlich anders herum. Enas Anstrengung, ihn festzuhalten, konnte nicht das Geringste daran ändern. Dunda fragte noch viele Einzelheiten, um die ganze Angelegenheit besser zu verstehen. Auf diese Weise zeigte es sich, dass das fehlende Ahnenopfer Enas verstorbene Großmutter Mongera betraf.

Auf die gleiche Weise wurde auch das Orakel durchgeführt, das den Grund für Enas Unfruchtbarkeit feststellen sollte.

„Es ist nur ein Spulwurm, ein Parasit, der dir schadet", sagte Dunda. „Suche dir Heiler, damit sie dir eine Medizin zubereiten." Es zeigte sich jedoch, dass auch in diese Angelegenheit das fehlende Opfer für Mongera hineinspielte.

Nachdem sie vereinbart hatten, dass Dunda selbst die Medizin herstellen würde, sagte er:

„Das Wichtigste ist jetzt, dass du das Ahnenopfer durchführst. Danach komm wieder. Dann werden wir uns um den Spulwurm kümmern."

Aufgeregt fragte Ena:

„Ein großes oder ein kleines Ahnenopfer?"

„Wie du es dir leisten kannst. Da aber die Ahnin eine bedeutende Person war, meine ich, ein großes Opfer wäre besser."

Nach Hause zurückgekehrt, warf Ena sich zum Nachdenken auf ihr Bett. Zuerst dachte sie daran, das Ahnenopfer heimlich durchzuführen. Doch je länger sie sich damit beschäftigte, desto klarer wurden ihr die damit verbundenen Schwierigkeiten. Ein Opfer für einen bedeutenden Ahnen verlangte nicht nur sehr spezielle Dinge, sondern auch die Mithilfe spezieller Menschen. Man brauchte zunächst eine Halskette. Sie musste in ein Tongefäß voll Bier gelegt werden und von einem bedeutenden Menschen, der seit genau einem Monat verheiratet war, herausgenommen werden. Einen Tag und eine Nacht sollte sie unter dem Bett der Neuvermählten liegen. Am Morgen des nächsten Tages sollten die Eheleute die Kette bringen, um das Opfer durchzuführen. Angesichts der vielen und komplizierten Bedingungen spürte Ena, wie der Kummer ihr wieder die Luft abschnürte. Könnte sie sich in ihrer Not jemandem anvertrauen, ohne ihr Geheimnis preiszugeben?

„Onkel, ich komme mit einem großen Problem zu Ihnen."
„Und das wäre?"
Ena saß ihrem Onkel Ndago gegenüber auf einem Stuhl. Sie zog ihr Kleid und das darüber gebundene *Kanga*-Tuch glatt. Dann seufzte sie leise:
„Ach, Onkel, seit dem Tod Ihrer Enkelin bin ich sehr verzweifelt. Ich habe Nachforschungen angestellt, was der Grund für diesen Tod war. Und es hat sich gezeigt, dass ein vergessenes Ahnenopfer für meine Großmutter Mongera mir mein Kind genommen hat. Ich bin gekommen, um einen Plan für das Opfer zu machen, damit es jetzt nachgeholt wird."
Ndago rieb sich die Augen. Eine ganze Weile stützte er sein Kinn in die Hand, schließlich legte er diese wieder an seinen Kopf und kratzte sich. Er atmete tief durch und meinte schließlich: „Ich sage nicht, dass es falsch war, nachzuforschen. Aber hast du Zenga davon berichtet?"
Für einen kurzen Augenblick sah Ena Ndago ins Gesicht, dann schaute sie zur Seite. Sie sollte Zenga informieren? Welcher Zenga würde sich denn mit solchen Dingen abgeben? Ausweichend antwortete sie: „Ah, noch nicht, Onkel", und dabei kratzte sie sich am Ohr, das plötzlich zu jucken begonnen hatte.
„Hast du es denn den Schwiegereltern gesagt?"
Auch diese Frage traf Ena wie kaltes Wasser. Hätte das Opfer nur den Tod Enikas betroffen, hätte sie nicht gezögert, die Schwiegereltern zu benachrichtigen. Aber was war mit der anderen Angelegenheit? Das war das Geheimnis ihres Herzens.

Sie beeilte sich zu sagen:

„Die habe ich auch noch nicht benachrichtigt."

Ndago fuhr sich mit der Hand über die Haare. Er war tief in Gedanken versunken, und mit starrem Blick strich er über den Scheitel, den er auf der linken Seite trug. Schließlich sagte er mit leiser und ruhiger Stimme:

„*Mama*, auch mir tut leid, was geschehen ist. Aber die Verantwortung für das Ahnenopfer einer verheirateten Frau zu übernehmen, ohne die Erlaubnis des Mannes zu haben, das wäre nicht richtig."

Ena atmete schwer, ihr Herz klopfte vor Aufregung. Sie zog das zweite *Kanga*-Tuch, mit dem sie ihren Kopf bedeckt hatte und das heruntergerutscht war, wieder an seinen Platz.

„Es ist also unmöglich!"

„Ich lehne es nicht ab, eine schwierige Aufgabe zu übernehmen, nein. Aber dass du verheiratet bist, macht die Sache sehr kompliziert. Wenn wir nicht aufpassen, kann uns das große Probleme bescheren. Warum warten wir nicht auf Zenga? Einmal verschüttetes Wasser bleibt verschüttet, *Mama*."

Ena war kurz davor, Ndago ihr ganzes Geheimnis zu offenbaren, doch sie zögerte. Der Schweiß brach ihr aus, sie biss sich tapfer auf die Lippen und ließ kein Wort heraus. Schließlich stand sie auf, gähnte und verabschiedete sich.

Das laute Gurren einer Waldtaube war zu hören, als Ena sich ihrem Haus näherte. Sie blickte auf und sah den Vogel auf einem Ast sitzen, der über Enikas Grab hing. Tränen rollten aus den Augen der Taube und fielen auf das Grab! Ena erinnerte sich daran, wie sie als Kinder Vogelstimmen übersetzt hatten. Das Gurren der Waldtaube war ein Klagelied gewesen: „Mein Vater ist tot, meine Mutter ist tot, wenn ich groß bin, wer wird für meine Pubertätsriten sorgen?" Die Erinnerung an diese Übersetzung und der Anblick der Taubentränen, die auf das Grab fielen, machten ihren Kummer unerträglich. Sie stimmte in die Klage der Waldtaube ein und weinte: „Mein Vater ist tot, meine Mutter ist tot, meine Großmutter ist tot, mein Kind ist tot, wenn ich alt bin, wer wird für mich sorgen?"

Nach reichlicher Überlegung kam sie am nächsten Tag zu dem Ergebnis, noch einmal zu Dunda zu gehen. Betrübt berichtete sie ihm, dass das Opfer nicht machbar sei. „Ich denke, wir machen mit der Sache wegen der Kinder weiter. Sie sagten, ich hätte einen Spulwurm, oder?"

Dunda verzog den Mund und lächelte. „Das ist richtig, meine Enkelin, es ist nur ein Spulwurm, der verhindert, dass du schwanger wirst", sagte er, und dabei wackelten die wenigen Zähne, die aus seinem Kiefer ragten. „Such dir Heiler, damit sie dir eine Medizin herstellen."

Sie saßen sehr nahe beieinander und der schlechte Geruch aus Dundas Mund stieg Ena in die Nase. Sie bedeckte sie möglichst beiläufig mit der Hand, wobei sie vorgab, sich im Gesicht zu kratzen. Schließlich erwiderte sie: „Ich kenne nur Sie als Heiler. Da Sie den Spulwurm ausfindig gemacht haben, sollten Sie ihn auch behandeln."

„Das können wir tun, meine Enkelin. Aber warum ist dein Mann nicht hier? Gibt es etwa eine Fruchtbarkeitsmedizin, die nur bei der Frau angewandt wird, ohne ihren Mann?"

Ena begann schneller zu atmen. Anscheinend war sie vom Unglück verfolgt. Sie zog das *Kanga*-Tuch fester um ihre Schultern. Der Kummer brannte in ihrem Herzen. Doch noch bevor sie etwas antworten konnte, fuhr Dunda fort: „Wann kommt denn dein Mann zurück? Warte doch, bis er da ist, damit ihr gemeinsam behandelt werden könnt. So macht man das eigentlich, meine Enkelin. Oder will er keine Kinder?"

Ena schöpfte wieder Hoffnung. Hastig sagte sie: „Er will keine!? Das müsste ein anderer Zenga sein." Dabei wurde ihr Herz unter den Tritten des ungeheuerlichen Satzes „Ein Kindchen innerhalb von acht Jahren" zermalmt. Sie wischte sich den Schweiß ab, der ihr Gesicht bedeckte.

„Können Sie denn für mich allein keine Behandlung machen?"

„Es ist nicht so, dass ich es nicht könnte. Ich gebe nur einen Rat. Man sagt, es gibt ein Heute und ein Morgen. Du kannst froh sein, dass die Zeiten sich geändert haben. Früher hätte eine Frau nicht gewagt, auf eigenen Beschluss zum Heiler zu gehen!"

Ena atmete auf: „Was morgen ist, werden wir morgen sehen. Behandeln Sie mich allein. Sie wissen nicht, wie ich leide..."

Da stand Dunda auf. Er warf etwas in den tönernen Orakeltopf, bedeckte ihn mit dem *Kaniki*-Lappen und begann im Bewusstsein seiner Wichtigkeit:

„Los Kindulundulu, Kolero Kindulundulu. Ngurui Kindulundulu. Seuta Kindulundulu, Kazoba Kindulundulu. Meine Enkelin ist gekommen, sie möchte Kinder haben. Wenn ich sie heilen kann – dreh dich, damit wir es sehen."

Oh ja – wie der Topf sich drehte! Ena sah ihm staunend und mit wachsender Freude zu, die ihrem schweren Herzen Erleichterung verschaffte.

„Also, Kindulundulu, Kolero Kindulundulu. Ngurui Kindulundulu. Seuta Kindulundulu, Kazoba Kindulundulu; ich will sie mit der Wurzel aus der Höhle behandeln. Wird sie die Wurzel holen können und heil damit zurückkommen? Wenn ja, dann dreh dich, damit wir es sehen."

Der Topf drehte sich!

Ena geriet außer sich vor Freude. Ihre vollen Lippen formten ein breites Lächeln, das die hübsche kleine Lücke zwischen ihren Schneidezähnen sehen ließ. Ihr ganzes Gesicht schien sich vor Lachen zu kräuseln. Sogar die Härchen ihrer Arme richteten sich stolz auf, während ihr Herz im Rhythmus einer Uhr tickte: „Du-nda; Ze-nga; Du-nda; Ze-nga!"

Dunda setzte sich wieder zu Ena und sagte: „Du hast es selbst gehört – du hast es selbst gesehen. Nun werde ich dir eine kleine Aufgabe geben. Ich will, dass du mir eine Wurzel aus der Höhle der Ahnen bringst."

Bei diesen Worten wurde Ena etwas mulmig zumute und sie warf Dunda einen unsicheren Blick zu.

„Eine Wurzel aus der Höhle der Ahnen! Was für eine Wurzel denn?"

„Du weißt doch, dass unsere Vorfahren keine Häuser hatten?"

„Ja. In der Schule haben wir gelernt, dass sie in Höhlen lebten."

„Gut. Hole irgendeine Wurzel aus irgendeiner Höhle, in der unsere Ahnen gelebt haben, und bring sie her."

Ena zog ihr *Kanga*-Tuch wieder enger um die Schultern und fragte:

„Eine Höhle der Ahnen? Wie erkenne ich die?"

Dunda beschrieb ihr eine Höhle, in der die Vorfahren gelebt hatten. Sie befand sich in Lusanza, mitten in einem Feld der Familie Zubwi.

„Anderswo gibt es noch andere, aber ich glaube, diese ist die am nächsten gelegene. Du wirst sie sicher finden."

„Wenn es diese ist, so kenne ich sie", sagte Ena und dachte an etwas, das zwischen ihr und Zenga vor vielen Jahren in Lusanza, in der Nähe dieser Höhle, geschehen war.

„Aber du musst dabei bestimmte Vorschriften beachten", warnte Dunda.

„Aha?"

„Wenn du am Eingang der Höhle angelangt bist, musst du alle deine Kleider ausziehen und dort zurücklassen. Erst dann darfst du hineingehen und die Wurzel ausreißen."

Ena schaute zu Boden und lachte.

„Aha?"

„Hast du die Wurzel einmal ausgerissen, so darfst du mit keiner Menschenseele sprechen, bis du zu Hause angekommen bist. Koche die Wurzel dann und trinke das Kochwasser. Wenn du dich nicht an die Anweisungen hältst, wird sie nicht wirken."

Ena schüttelte den Kopf, ohne es zu merken. In ihr stritten Zweifel und Hoffnung, auf diesem Weg ein Kind zu bekommen. Denn die Vorschriften erschienen ihr schwierig.

„Und dann?"

„Nachdem du getrunken hast, bringst du mir die Wurzel vor Ablauf von sieben Tagen. Ich werde wissen, was weiter zu tun ist."

Nach weiteren Erklärungen über das Ausgraben der Wurzel ging Ena schließlich in Gedanken versunken nach Hause.

Die Höhle der Ahnen

Am nächsten Tag versuchte Ena, sich aus ihrer Trauer zu lösen und schwang wieder die Hacke auf dem Feld. Am übernächsten Tag half sie einer Nachbarin, Mehl zu worfeln, das zum Brauen von Bier für die gemeinschaftliche Feldbestellung gebraucht wurde.[22] Am dritten Tag ging sie zur Beerdigung von *Mama Dera,* ihrer alten Freundin, die ihr einst das Medizinfläschchen zum Vergraben und das Pulver für Zengas Reis gegeben hatte.

Am Abend des fünften Tages verkroch sie sich in die Einsamkeit der vier Wände ihres Schlafzimmers. Erst dachte sie an ihr verstorbenes Kind, dann an ihren geliebten Mann in Europa und schließlich an die Wurzel in der Höhle und alles, was damit zusammenhing.

Sie spürte, wie sich Zweifel in ihr breitmachten. Schon der lange Weg bis zur Höhle war ein Umstand, der einer Frau Angst einjagen konnte. Außerdem wurde ihr bei der Vorstellung schwindlig, dass sie dort ihre Kleider ausziehen sollte. Aber als sie wieder an „Ein Kindchen innerhalb von acht Jahren" dachte, spürte sie stärker als alles andere den Kummer, der an ihr nagte. Also nahm Ena allen Mut zusammen, griff

---

[22] Bier spielt in Afrika für die Gemeinschaft und in rituellen Zusammenhängen eine wichtige Rolle. Es wird von Frauen vorwiegend aus Hirse oder Mais gebraut. Bei der gemeinschaftlichen Bestellung der Felder dient es als Lohn für die Mitarbeitenden.

nach dem Kästchen mit ihrem Namenszug, in dem sie ihren Ehering aufbewahrte, und machte sich auf den Weg zur Höhle.

Sie näherte sich der Höhle, als die Sonne im Begriff stand unterzugehen. Aus Angst gesehen zu werden, schaute sich Ena misstrauisch nach allen Seiten um. Oberhalb des Wegs am Hang lag das Feld ihres Schwiegervaters. Ein Stück Land war bereits umgegraben, dort hatte man offensichtlich mit der Feldbestellung begonnen. Das Feld war groß und erstreckte sich bis zum Horizont. So angestrengt sie Ausschau hielt, sie konnte niemanden entdecken. Allerdings hörte sie einige Ziegen meckern, die nach jemandem zu rufen schienen. Deshalb ließ sie den Blick weiter in die Umgebung schweifen. Auf einer Seite wuchsen hohe Pflanzen und etwas weiter talabwärts gab es fettes Unkraut. Aber weder Ziegen noch irgendein Mensch waren zu sehen.

Ena beobachtete, wie der Mond aufging. Dabei vergegenwärtigte sie sich noch einmal, was zu tun war. Der Erfolg ihres Unternehmens hing letztlich davon ab, dass sie ungestört blieb. Es machte sie unruhig, dass die Ziegen nach wie vor meckerten. Sicherlich käme ihr Besitzer über kurz oder lang, um sie loszubinden. Ena spielte mit dem Gedanken, umzukehren und ein andermal wiederzukommen. Aber bis zu Zengas Rückkehr blieben nur noch zwei Wochen. Ihr Blick fiel auf ein Gestrüpp aus Juckbohnen, das ihr als Versteck geeignet erschien. Sie verbarg sich zwischen den dichten Blättern und wartete eine Weile ab.

Aber die Zeit verging, ohne dass eine Menschenseele zu sehen war. Ena entschloss sich, doch weiterzugehen, anstatt die Einsamkeit der Nacht abzuwarten, die mit Sicherheit neue Gefahren mit sich bringen würde.

Am Eingang zur Höhle nahm sie zunächst ihr *Kanga*-Tuch ab, das über den ordentlich geflochtenen Haaren ihren Kopf bedeckt hatte, und legte es vor sich auf den Boden. Vorsichtig zog sie auch ihr Kleid aus, hielt es einen Augenblick in den Händen und legte es schließlich auf das Tuch. Sie hob den Kopf und schaute sich um. Plötzlich hörte sie ein Rascheln. Ihr Herz begann zu rasen und der Schweiß lief ihr am Körper hinab. Eine ganze Weile verharrte sie reglos und lauschte angestrengt. Nichts passierte. Konnte es eine Maus gewesen sein?

Ena war noch immer starr vor Angst und zitterte am ganzen Körper. Dennoch löste sie langsam ihren BH und stopfte ihn in eine Tasche des Kleids. Wieder hob sie ihren Kopf und schaute sich nach allen Seiten um. Aber außer dem Mondlicht, das durch die Blätter des Gebüschs hindurch fiel, gab es nichts zu sehen. So zog sie auch ihren weichen Slip aus und steckte ihn in die andere Tasche. Dann nahm sie ihr Kästchen und ging auf die Höhle zu.

Drinnen empfing sie tiefe Dunkelheit. Die Höhle bestand aus einem weiten hallenartigen Raum, der sich an der Rückseite in kleinere Höhlen verzweigte.

Ena fühlte etwas froschartig Glattes an ihrem Bein und schüttelte es heftig ab. Gleich darauf setzte ein Summen ein, das nach einem Schwarm Bienen klang und ihre Furcht weiter steigerte. Aber sie nahm sich zusammen. Vorsichtig tastete sie nach Pflanzen. Sie bekam einen Stängel zu fassen und versuchte, ihn aus der Erde zu kratzen. Doch diese war so hart und trocken, dass sie schnell aufgeben musste. An einer anderen Stelle ging es besser. Sie legte sich bäuchlings auf die Pflanze, wie es ihr aufgetragen worden war. Kurz darauf erhob sie sich wieder und begann, die Pflanze auszugraben. Schließlich zog sie daran; sie ließ sich herausziehen, ohne abzubrechen.

Ena hielt inne und erinnerte sich, was Dunda ihr noch gesagt hatte. Schnell grub sie dort, wo sie die Wurzel ausgerissen hatte, eine kleine Grube und hockte sich darüber, um zu urinieren. Dabei sagte sie: „Kindulundulu, der du die Kinder in deiner Obhut hast. Ich höre, du hast einen Samen, dem das Feld fehlt. Ich habe ein Feld, dem der Samen fehlt. So gebe ich dir das Feld, gib du mir den Samen." Nach diesen Worten scharrte sie mit Knien und Handgelenken die Grube wieder zu. Gerade begann der Mondschein in die Höhle zu fallen. Ena richtete sich auf, legte die Wurzel in ihr Kästchen und wollte sich auf den Rückweg machen. Aber noch bevor sie zum Ausgang gelangte, hörte sie wieder ein Rascheln. Sie spähte nach draußen und sah einen Mann auf sich zukommen!

Ena wollte beinahe das Herz stehen bleiben. Sie atmete tief durch und reckte den Kopf, um besser sehen zu können. Ihre Augen füllten sich mit Tränen und innerlich stöhnte sie: „Oh nein, ich Arme!" Ihre Kehle platzte fast von der Anstrengung, keinen Laut herauszulassen, und ihre Beine drohten den Dienst zu versagen. Denn wer sich ihr da näherte war Zubwi – Zengas Vater –, ihr Schwiegervater! Bevor sie sich noch irgendetwas überlegen konnte, steuerte Zubwi schon direkt auf die Höhle zu. Dabei löste er das knöchellange *Kikoi*-Tuch[23], das er in der Taille befestigt hatte. Ena blieb keine Wahl. Sie atmete noch einmal tief durch und flüchtete ins Innere der Höhle. Ihr Kästchen hielt sie fest in der Hand. Sie zwängte sich in einen der kleinen Seitengänge an der Hinterseite der Höhle, während Zubwi am Eingang ankam. Ena drückte sich keuchend vor Anstrengung so weit wie möglich in ihr Versteck. Als sie vorsichtig in den mondbeschienenen Teil der Höhle blickte, sah sie, wie Zubwi dort ein großes Geschäft verrichtete. „Aha, deshalb ist er hergekommen", sagte sie sich, und ihr Gesicht entspannte sich. Sie wandte sich ab und überließ Zubwi seinen Angelegenheiten.

---

[23] *Kikoi* sind bunt gestreifte Webtücher, die von Männern getragen werden.

Kurz darauf verließ Zubwi die Höhle. Er blieb jedoch verblüfft stehen, als er am Ausgang Frauenkleider liegen sah. Ein unheimliches Gefühl überkam ihn und er inspizierte sie mit einem Stock.

Gehören sie vielleicht Dämonen oder irgendwelchen übernatürlichen Wesen, überlegte er, oder haben etwa Räuber die Besitzerin umgebracht? Er blieb stehen und grübelte weiter. Ach was, es gibt keine Räuber bei uns – unser Land ist friedlich, sagte er sich. Oh – ja… Bestimmt sind es die Schadenzauberer, die immer meine Feldfrüchte verhexen. Zubwi verharrte unschlüssig.

Dann sah er sich nach allen Seiten um, konnte aber niemanden sehen. Als er den engen Zugang zur Höhle genau betrachtete, erschien es ihm möglich, dass Zauberer sich in der Höhle aufhielten. Er ging auf die andere Seite dieses Zugangs, damit jemand, der herauskam, ihm den Rücken zuwenden musste. Dort versteckte er sich im Gebüsch und hielt sein Buschmesser bereit.

Nachdem einige Zeit verstrichen war, entschloss sich auch Ena, die Höhle zu verlassen. Am Ausgang spähte sie wieder hinaus, aber es war kein Anzeichen eines Menschen zu bemerken. Vorsichtig näherte sie sich ihren Kleidern, nahm ihr Kleid, und zog es sich über den Kopf. Noch bevor sie es über den Hals streifen konnte, hörte sie die Stimme eines Mannes hinter sich: „Nacht."

Darauf „Mittag"[24] zu antworten, wie es sich gehörte, konnte sie nicht, da sonst die Wurzel ihre Wirksamkeit verloren hätte. Sie konnte auch nicht einfach eine Antwort brummen. Man hätte sie für einen Feind halten und angreifen können.

---

[24] Diese Art der Begrüßung wird auf dem Land gebraucht, wenn man sich nachts begegnet.

Ena machte sich klar, dass sie rein gar nichts tun konnte, und vor Verzweiflung bekam sie Schluckauf. Bäuchlings warf sie sich auf die Erde, dabei hing das Kleid über ihrem Kopf und bedeckte ihn. An ihrem Bauch machte sich die Wirkung der pelzigen Schoten der Juckbohnen bemerkbar, in denen sie sich versteckt hatte. Für den Bruchteil einer Sekunde erwog sie, sich zu kratzen, aber angesichts ihrer Notlage erschienen ihr die Juckbohnen unwichtig.

„Wer bist du?", fragte Zubwi.

Stille.

„Bist du ein Dämon oder ein Mensch?"

Stille. Enas Herz schlug schneller.

„Was hast du hier gesucht – bist du krank?", fragte Zubwi weiter.

Da Ena nicht antworten konnte, verneinte sie die Frage mit einem Schütteln des Kopfes, auch wenn dieser im Kleid steckte.

„Sind das deine Kleider?"

Ena hob den Kopf und ließ ihn wieder sinken, als Zeichen der Bejahung.

„Bist du krank?"

Stille.

„Wo wohnst du?"

Stille.

Zubwi seufzte:

„Soll ich dir vielleicht dein *Kanga*-Tuch umlegen?"

Ena zitterte vor Furcht.

Zubwi hob das *Kanga*-Tuch auf und stellte sich an die Füße Enas, die noch immer bäuchlings dalag. Dann breitete er es über ihren Rücken und legte zwei Zipfel neben ihren Oberkörper. Er hob ihn an und band die Zipfel zusammen. Indes hatte Ena alle Mühe, dass ihr das Kleid nicht vom Hals rutschte.

Zubwi drehte Ena nun um und sagte:

„Also, steh auf, wir gehen zum *Vertreter der zehn Haushalte*[25]. Wenn du nicht gehen kannst, trage ich dich."

Ena drückte sich auf den Boden und schüttelte heftig den Kopf.

„Du willst also nicht gehen. Bist du eine Zauberin, oder was? Ich werde Leute herbeirufen."

Enas Herz setzte fast aus, aber sie stand nicht auf. Zwar liefen ihr die Tränen aus den Augen, doch unterdrückte sie jeden Laut. Sie versuchte, nur an Zengas Brief zu denken, und hielt das Kästchen mit der Wurzel fest umklammert.

Zubwi hielt eine Weile verwirrt inne. Dann spürte Ena plötzlich, dass er ihr eine Hand auf den Brustkorb legte. Die Hand wanderte unter ihre linke Brust. Dort blieb sie liegen und fühlte ihren Herzschlag. Glaubt er am Ende, dass ich tot bin?, mutmaßte Ena. Dann hörte sie ihn seufzen, und gleich darauf kehrte seine Hand zurück. Sie glitt über ihren Brustkorb bis zum Hals, wo sie herumtastete. Ena zitterte.

Nun wanderte die Hand ein Stück zurück und zur Seite – direkt auf ihre Brust.

Oh Gott, mein eigener Schwiegervater, schoss es Ena durch den Kopf. Dabei ging eine Hitzewelle durch ihren Körper, die Angst brachte ihr Blut fast zum Kochen. Als wäre es nicht genug, fühlte sie Zubwis Hand über ihre Brust streichen. Wie furchtbar! Knetete er wirklich ihre Brust? Tatsächlich. In Zubwi stritten vier Seelen – Mitleid, Furcht, Versuchung und Misstrauen.

---

[25] Die Einheitspartei war in verschiedenen Ebenen organisiert. Die unterste Ebene bildeten jeweils zehn Haushalte, die einen Sprecher beziehungsweise Vertreter wählten. Dieser war über die parteilichen Aufgaben hinaus für die Vermittlung bei privaten Konflikten zuständig.

Ena war verzweifelt: Warum muss mir auch das noch passieren? Das Wasser lief ihr aus der Nase. Das hat außer Zenga keiner mit mir gemacht, seit ich auf der Welt bin – geschweige denn, sein Vater. Wenn er wüsste, dass die Brust, die er streichelt, meine Brust ist – die Brust seiner Schwiegertochter!

Plötzlich kam ihr ein Gedanke. Die Wurzel hatte sie in ihrem Kästchen, das Kleid verhüllte ihr Gesicht. Das *Kanga*-Tuch war ihr angezogen worden, BH und Slip steckten in den Taschen des Kleides und die Sandalen an ihren Füßen. Worauf wartete sie eigentlich noch? Auf nichts! Also sprang sie unvermittelt auf. Wie ein Schakal rannte sie davon, mit dem Kästchen in der Hand und dem Kleid über dem Kopf.

Sie war noch nicht weit gekommen, da blieb sie an Kriechpflanzen hängen. Sie fiel hin und rollte einen steilen, mit Pflanzen bewachsenen Abhang hinab. Ein paar Augenblicke später fand sie sich halbtot im Tal liegend wieder. Keuchend und noch nicht ganz bei Sinnen zog sie als Erstes ihr Kleid richtig an. Dann stand sie auf, aber ihr ganzer Körper war schlaff und kraftlos. Sie wusste nicht, ob sie sich in einem Traum oder in der Wirklichkeit befand. Obwohl sie nicht ernstlich verletzt war, hatte sie doch hier und dort Schürfwunden davongetragen. Ihr Verstand aber bewegte sich außerhalb dieser Welt.

Langsam schleppte sie sich nach Hause. Sie kam durch Felder, Baumhaine und Grasflächen. Obwohl ihr nichts davon unbekannt war, schien es ihr so, als hätte sie diese Gegend noch nie in ihrem Leben betreten. Schließlich sah Ena ihr Haus, das dastand, als ob es sie erwartet hätte. Jetzt erst nahm sie ihre innerlichen Schmerzen wahr und fühlte den Schwindel, von dem sich alles in ihrem Kopf drehte.

Als sie die Schwelle des Hauses erreichte, wurde sie etwas klarer. Sie erinnerte sich: Sie war zur Höhle gegangen. Als sie dort weggelaufen war, hatte sie die Wurzel im Kästchen gehabt...die Wurzel, die ihr ein Kind bringen würde...ein

Kind, das ihre Ehe vor dem Schiffbruch retten würde. Aber wo war das Kästchen? Sie blickte auf ihre Hände. Sie waren leer. Fieberhaft durchsuchte sie ihre Taschen. Die Wurzel war nicht da. Wo hatte sie sie verloren – dort, wo sie gestürzt war?

Was soll ich jetzt noch tun?, fragte sie sich und dachte unwillkürlich wieder an den Verlust ihres einzigen Kindes…Ena wusste nicht, wie sie sich diese Frage beantworten sollte und brach auf der Türschwelle zusammen. Sie hatte das Bewusstsein verloren.

Rechenschaft in der Zwischenwelt

Enas Seele geisterte außerhalb dieser Welt. Sie träumte nicht, sie war nicht tot. Sie befand sich irgendwo zwischen Himmel und Erde. Ein breiter Weg führte sie durch eine weite, mit Rosensträuchern bewachsene Ebene, über der ein runder Vollmond leuchtete. Um sie herum war nicht das leiseste Geräusch, es herrschten Ruhe und Stille. Woher sie kam, wusste Ena nicht. Wohin sie ging, darüber dachte sie nicht nach.

Bald sah sie vor sich ein auf vier Pfählen errichtetes Haus. Ein breiter Fluss trennte das Ende des Weges von der Veranda des Hauses, aber ein Steg aus Schilf führte hinüber. Der Fluss war in zwei Arme geteilt, die das Haus umflossen. Ohne Bedenken überquerte Ena den Steg. Auf der Veranda angelangt, sah sie sich um. Neben dem Haus wuchsen Papayas und Ananas am Rand eines Beetes mit grünem Blattgemüse. Am Rahmen der Eingangstür hing ein schwarzes Schild mit der Aufschrift „Zenga". Es war genau das gleiche wie an ihrem Haus auf der Welt, die hinter ihr lag.

Ena trat ein und stand in einer weiträumigen Halle. Sie sah sich umringt von Männern und Frauen. Mit einem Mal gelang es ihr, wieder klarer zu denken, und sie konnte ihre Umgebung deutlicher wahrnehmen. Etwa zwei Schritte vor ihr saßen ein Mann und eine Frau, die sich gegenseitig die Fingernägel abnagten. Hinter den beiden ließ sich ein fest verschlossenes

Tor ausmachen, über dem ein Schild befestigt war. „Lemmih" stand dort, ein Wort, das Ena nicht kannte.

„Oh, *Baba*", rief Ena und näherte sich dem Paar vor ihr. „Wie viele Jahre haben wir uns nicht gesehen! *Shikamoo*", grüßte sie respektvoll und setzte sich dem Mann gegenüber.

„*Marahaba*", erwiderte ihr Vater. Dabei rückte er von ihr ab und gab ihr nicht die Hand. Stattdessen steckte er sie in die Tasche seiner Wolljacke und holte ein Paket Zigaretten heraus. Während er rauchte, nahm sein gut gepflegtes Gesicht einen gedankenverlorenen Ausdruck an. Er kratzte sich in den schwarzen Haaren, die ordentlich gekämmt waren und sagte schließlich nachdenklich:

„Du warst noch nicht erwachsen, als ich dich verließ."

Ena folgte dem aufsteigenden Rauch mit den Augen. Dabei entdeckte sie an der Hallendecke ein Schild mit der Aufschrift „Empfang", das ihr klarmachte, dass sie sich an einem Ort befand, an dem Gäste empfangen wurden. Ohne weiter darüber nachzudenken, wandte sie sich wieder an ihren Vater:

„Ich danke dir, *Baba* – Berge kommen nicht zueinander, aber Menschen können sich treffen. Was macht deine Gesundheit? Ich sehe, dass du zugenommen hast."

Ihr Vater reckte seinen Arm hoch und betrachtete wohlgefällig seine kräftigen Muskeln unter der behaarten Haut. Er lächelte ein wenig und wandte seinen Blick zu der Frau neben ihm. Er stellte sie Ena vor:

„ Und das ist deine Mutter."

Ena grüßte und streckte dabei ihre Hand aus. Aber auch die Frau rückte bei der Erwiderung des Grußes von ihr ab. Staunend sahen sich Mutter und Tochter eine Weile an, dann sagte Ena:

„Entschuldige, *Mama,* ich habe vergessen, wie du aussiehst."

Mama Ena verzog ihre vollen Lippen zu einem Lächeln und ließ dabei eine schöne, breite Lücke zwischen den oberen Schneidezähnen sehen.

„So, so, du hast mich vergessen! Aber wann hast du mich denn überhaupt schon gesehen?", fragte sie und hüllte ihren schmalen Körper fester in das *Kitenge*-Tuch, das sie trug.

„Ah – du hast recht…", stotterte Ena, die vor Aufregung Herzklopfen hatte. „Wann bist du hierhergekommen?", fragte sie.

Ihre Mutter ließ einen Laut der Verwunderung hören, auf ihrem breiten Gesicht lag ein Lachen:

„Hat man dir das nicht gesagt?"

„Ich glaube, man hat es mir gesagt. Du gingst, als ich geboren wurde, nicht wahr?"

„So ist es, Kind…Wo also hättest du mich sehen können?"

Noch bevor Ena etwas erwidern konnte, mischte sich ihr Vater in das Gespräch. Während er den Reißverschluss seiner Jacke öffnete und sich die üppig behaarte Brust kratzte, warf er ein: „Glaub nicht, dass sie einfach so weggegangen ist, Kind… Deine Mutter hatte schwer zu leiden."

Die Mutter unterbrach ihn und sagte bitter:

„Viermal habe ich geboren, aber kein Kind ist mir geblieben. Beim fünften Mal haben wir alles Mögliche unternommen und du wurdest heil geboren. Dafür musste ich gehen. Gräme dich nicht darüber, dass du alleine bist. Ich habe getan, was ich konnte, doch es sollte nicht sein."

Ena musterte nun die sie umgebende Menschenmenge. Viele konnte sie wiedererkennen. Es waren Verstorbene aus der Gegend. Suchend schaute sie sich um. Schließlich fragte sie:

„Wo ist die Großmutter?"

Eine Frauenstimme gab zurück:

„Wen meinst du – Mongera? Als würdest du dich noch an sie erinnern!"

Lächelnd erwiderte Ena:

„Wie sollte ich mich nicht an sie erinnern...ich bin bei ihr aufgewachsen...in ihrem Haus wurden die Pubertätsriten für mich durchgeführt!" Sie senkte den Kopf und dachte eine Weile nach, bevor sie fortfuhr:

„Wann ist sie von uns gegangen...war es nicht in dem Jahr, in dem ich geheiratet habe? Neun Jahre sind keine lange Zeit – natürlich erinnere ich mich an sie."

Ein Mann unterbrach sie:

„Und Enika...hast du sie schon vergessen?"

Ena traten Tränen in die Augen:

„Ach, Bruder – warum rührst du an diese Wunde?", rief sie erschüttert und zitterte so heftig wie eine nasse Ziege, die sich nach dem Regen schüttelt. „Du willst mich an Enika erinnern – oh, Enika, mein Kind", klagte sie, „und wo ist sie?"

Viele Stimmen begehrten jetzt auf und beschuldigten Ena:

„Du selbst hast Enika von dir gestoßen... Was willst du also von ihr?"

Ena konnte sich nicht erklären, was damit gemeint war. Sie schaute sich weiter nach Enika um, aber diese war nirgends zu entdecken. In den Blicken, die ihr begegneten, stand Hohn.

Entschlossen richtete sie sich auf und wandte sich zu der Tür, durch die sie hereingekommen war.

„Dann also, auf Wiedersehen", sagte sie, und dabei fiel ihr Blick auf ein Schild mit der Aufschrift „Edre" – wieder ein Wort, das sie nicht verstand.

Jetzt begannen viele Männer und Frauen, Ena zu verhöhnen:

„Du hast verloren, Schwester. Seit wann geht einer, der hier hereingekommen ist, wieder hinaus?" Und im nächsten Augenblick begann die Hälfte der Menge verrückt herumzuhüpfen wie von Muttermilch trunkene Kälber. Sie sangen im Chor: „Willkommen, Ena, willkommen... Willkommen, Ena, willkommen... Willkommen, Ena, willkommen – hurra, hurra, hurra."

Also setzte Ena sich wieder und ließ den Kopf hängen. Als sie aufsah, bemerkte sie, wie ihre Mutter traurig den Kopf auf die Hände gestützt hatte und sich ratlos zwischen den geflochtenen Haaren am Kopf kratzte. Ihr Vater bat schnell atmend die Hüpfenden, sich zu beruhigen.

Mit stockender Stimme, so als hätte sie einen dicken Frosch verschluckt, sagte *Mama Ena:* „Leute! Habt ihr kein Mitleid mit eurer Genossin? Ihr alle habt Pflanzen zurückgelassen. Aber sie hat nicht einmal ein Samenkorn, das sie dort gelassen hat. Wer wird ihrer gedenken?"

Rücksichtslos wurde sie von der spottenden Menge unterbrochen: „Sie hat es selbst gewollt... Sie hat es selbst gewollt." Alle hüpften noch übermütiger und fuhren in ihrem Gesang fort: „Willkommen, Ena, willkommen... Willkommen, Ena, willkommen... Willkommen, Ena, willkommen – hurra, hurra, hurra."

Vereinzelt waren aber auch Stimmen zu hören, die sich für Ena einsetzten. Sie warfen ein, dass Enas Zeit noch nicht abgelaufen sei, und wollten, dass man sie in Ruhe lasse. So entstand ein Streit zwischen zwei Lagern. Schließlich sagte eine junge Frau: „Wir können doch nicht wegen eines Menschen den ganzen Tag lang streiten. Ich habe eine Lösung."

Ena spitzte die Ohren.

Die Frau fuhr fort: „Riw nellow rhi Nesse nebeg. Nnew eis tssi, ssum eis nebielb. Nnew eis tchin tssi, nessal riw eis neheg."

Ena hatte diese Sprache noch nie gehört.

„Was sagt ihr?", fragte sie unsicher und zog ihr *Kanga*-Tuch fester um sich. Aber statt einer Antwort schrie die Menge durcheinander: „Tug, tug... Sad tsi tug, sad tsi tug."

Ena spürte mit einem Mal großen Hunger. Ihr Magen verkrampfte sich, als hätte sie Würmer, und ließ laute Geräusche hören. Einen Moment später wurde ein voller Teller gekochter

Bohnen mit Kartoffeln vor sie hingestellt, und man forderte sie auf, zuzugreifen.

„Oh, vielen Dank", sagte Ena und streckte hungrig die Hand aus. Bevor sie jedoch einen Bissen nehmen konnte, hielt sie verwundert inne, weil die Menge, die bisher hinter ihr gestanden hatte, nach vorne drängte und sie mit aufgerissenen Augen anstarrte, als würde sie ein Wunder erwarten. Nur ihre Eltern wandten sich stöhnend ab.

Während sie noch zögerte, krächzte eine männliche Stimme: „Iss endlich. Warum zögerst du – hast du etwa keinen Hunger?" Der Sprecher verschluckte einen Teil der Wörter und hustete dazwischen.

„Ich werde schon essen", meinte Ena, während sie sich ihren Magen hielt, um den Hunger zu unterdrücken, der sich immer schwerer aushalten ließ. Sie nahm etwas Essen, formte es in ihrer Hand und wollte es in den Mund stecken. In diesem Moment hörte sie hinter sich die klagende Stimme eines Mannes. Als sie sich umdrehte, sah sie Zenga laut weinend auf der Veranda außerhalb des Hauses stehen. Außer einem um die Hüften geschlungenen Handtuch trug er keine Kleider. Dort, wo er stand, hatte sich aus seinen Tränen eine kleine Pfütze gebildet. Er war so stark abgemagert, dass Ena trotz der Entfernung seine hervorstehenden Rippen zählen konnte.

Ena legte seufzend den Bissen zurück und wollte aufstehen, um ihren Mann zu trösten. Doch die Beine versagten ihr den Dienst. Auch der Hintern schien zu sagen: Ich erhebe mich nicht, nein. Verzweifelt versuchte sie, von der Matte, auf der sie saß, hochzukommen, aber es wollte ihr nicht gelingen. Tränen strömten über ihr Gesicht wie bei einer Taube, die über den Verlust ihres Partners trauert. Je mehr Zeit verstrich, desto stärker drängte die Menschenmenge Ena, endlich mit dem Essen zu beginnen. Doch weder antwortete Ena, noch sah sie die Menge an. Ihre Augen lösten sich nicht von Zenga draußen auf der Veranda. Mit dem Rest des Bewusstseins, das ihr geblieben war, deutete sie das Elend Zengas vor dem „Empfang" als die Trauer eines Menschen auf der Erde, der um einen verstorbenen Angehörigen weint – vielleicht um Ena! Oh nein, welches Omen suchte sie heim!

„Lasst sie gehen", war unvermittelt eine Stimme zu vernehmen, „sie ist noch nicht an der Reihe."

Ena drehte sich zu der Menge um, doch es war niemand mehr da. Als sie sich wieder Zenga zuwandte, war auch er verschwunden. Ena war allein und ratlos.

Im nächsten Augenblick öffnete sich das große Tor mit dem Schild „Lemmih" und drei Personen erschienen: Mongera, Enika, die eine junge Pflanze mit breiten Blättern hielt, und *Mama Dera,* die erst vor Kurzem die Erde verlassen hatte.

Ena wollte aufspringen und ihrem Kind entgegengehen, aber sie konnte nicht. Ihre Augen rollten wild wie die eines gejagten Hasen und ihr Herz raste. Sie wollte sprechen, aber ihre Stimme klang wie die eines Chamäleons, das Kautabak verschluckt hat. Sie wusste nicht warum, aber ihre Lippen waren zugeklebt.

Ena sah angestrengt zu Mongera hinüber, die begann, in einem alten, aus Gras geflochtenen Deckelkorb zu wühlen. Sie war eine alte Frau mit brauner Haut, weder groß noch klein und mit einem kleinen Buckel. Ihre faltigen, eingefallenen Wangen und die kaum sichtbare Oberlippe ließen sie greisenhaft aussehen.

Enika hustete und Ena wandte sich ihr zu. Sie betrachtete die schlanke, ziemlich dunkle Gestalt vom Kopf mit dem geflochtenen Haar bis zu den Füßen. Enika war etwa einen Meter groß. Sie reichte Mongera, die neben ihr stand, gerade bis zur Hüfte. Ein fröhlicher Ausdruck erhellte ihr breites Gesicht und ein Lächeln spielte um ihre vollen Lippen. Enika legte die junge Pflanze auf den Boden, drehte sich um und verschwand im Inneren des Hauses. Mongera und *Mama Dera* blieben in der Halle zurück.

„Weißt du, was das ist?" fragte Mongera und zeigte auf ein weißes Fläschchen, das an einer roten Perlenkette um ihren Hals hing. Es enthielt ein braunes Pulver.

Ena zuckte zusammen und hielt vor Schreck die Hand vor den Mund. Da sie noch immer nicht sprechen konnte, sah sie zu *Mama Dera* hinüber, die dieses Fläschchen nur allzu gut kannte.

Mongera beobachtete Ena genau und zog das schwarze Tuch fester, das sie um ihren Kopf geschlungen hatte. Sie pflückte ein paar Blätter von der Pflanze, die Enika gebracht hatte, zerkleinerte sie, drückte sie aus und benetzte Enas Lippen mit dem Pflanzensaft. Dabei erklärte sie, dass Enas Mund verschlossen worden war, damit sie nicht mit Enika sprechen konnte.

Doch jetzt war ihre Stimme wieder freigegeben.

„*Bibi*[26], woher hast du dieses Fläschchen?", fragte sie hastig und streckte die Hand danach aus.

„Berühre mich nicht, Ena", warnte Mongera, „oder willst du hier bleiben? Du bist sowieso nur um ein Haar entkommen."

„Um ein Haar! Was meinst du damit?"

Mongera lächelte ein wenig und wischte sich die Hände an ihrem festlichen Kleid ab.

„Hast du verstanden, was du vorhin gehört hast? ‚Riw nellow rhi Nesse nebeg. Nnew eis tssi, ssum eis nebielb. Nnew eis tchin tssi, nessal riw eis neheg' – hast du das verstanden?"

„Ich habe nichts verstanden, *Bibi*. Was bedeutet es denn?"

„Das war rückwärts gesprochen und bedeutet: ‚Wir wollen ihr Essen geben. Wenn sie isst, muss sie bleiben. Wenn sie

---

[26] *Bibi* bedeutet Großmutter.

nicht isst, lassen wir sie gehen'", erklärte Mongera und lachte. Dann kam sie auf ihre Frage zurück: „Also, Ena – was ist das?" Sie deutete auf die Flasche.

„Es ist Medizin, *Bibi*, um zu erreichen, dass ich Macht über Zenga habe. Wo hast du sie her, *Bibi?*", fragte Ena.

„Wo hast du sie denn hingetan?"

„Ich habe sie unter der Türschwelle vergraben."

Mongera legte die Flasche beiseite und sah Ena streng an.

„Siehst du nun, was du damit angerichtet hast?"

„Was denn?"

„Du fragst noch ‚was'! Wie viele Kinder hast du?"

Ena zog ihr *Kanga*-Tuch fest und wischte sich den Schweiß vom Gesicht.

„*Bibi*, fragst du oder verhöhnst du mich? Wie solltest du nicht wissen, dass ich kein einziges Kind mehr habe?"

Mongera wurde immer zorniger und beschuldigte Ena weiter: „Du hast es selbst so gewollt. Um wen weinst du jetzt?"

„Wie verändert du bist! Ich hätte es selbst so gewollt – was meinst du damit?", erwiderte Ena unsicher.

Mongera nahm das Fläschchen in die Hand.

„Diese Medizin verhindert, dass du Kinder bekommst", sagte sie. „Jedes Mal, wenn du schwanger wirst, verlierst du das Kind, oder?"

„Das ist wahr, *Bibi*", sagte sie und sah dabei wütend zu *Mama Dera* hinüber. „Du also hast mir das angetan, *Mama Dera*... Welchen Grund habe ich dir dafür gegeben?"

„Ich habe nicht das Geringste davon gewusst, ich wurde selbst betrogen", rechtfertigte sich *Mama Dera* und zwinkerte nervös mit den Augen. „Deshalb hatte auch ich nur ein Kind."

Kopfschüttelnd öffnete Mongera ein vergittertes Fenster und warf das Unglücksfläschchen mit aller Kraft hinaus in den großen Fluss.

Ena war erschüttert.

„Du musst das Fläschchen ausgraben und in den Fluss werfen", sagte Mongera nachdrücklich. „Danach pflückst du Blätter des Annonenbaums", fuhr sie fort und pflückte demonstrativ selbst einige Blätter von der Pflanze, die Enika gebracht hatte. „Zerreibe sie und trinke einen Teil des Safts, den Rest schüttest du über die Türschwelle." Alles Gesagte wurde bis ins Kleinste vorgeführt.

„Und dann werde ich Kinder bekommen?", fragte Ena nach.

„Bekommen wirst du sie, aber ob sie gesund bleiben, ist eine andere Frage", zerstörte Mongera ihre Hoffnung und schaute dabei in *Mama Deras* Richtung.

Ena keuchte wütend.

„Und warum?"

Mongera zog aus dem Flechtkorb einen mit lila Blüten bemalten Teller, der mit Reis und einer dicken Hühnersoße gefüllt war. „Du fragst, warum! Was, glaubst du, hat deine Tochter Enika umgebracht?"

„Wurde sie verhext?"

„Du fragst, ob sie verhext wurde!", schäumte Mongera. Dann sagte sie vollkommen ruhig: „Wenn sie verhext wurde, dann hast du selbst sie verhext."

„Ich soll mein Kind verhexen? *Bibi,* sagst du das im Ernst oder im Scherz?"

Mongera blieb unerbittlich:

„Als Zenga nach Europa ging, hast du ihm Reis gekocht. Was für ein Wasser hast du dazu genommen?"

Enas Zunge bewegte sich in ihrem Mund, doch sie brachte kein Wort heraus. Ihr Herz raste, während sie zu *Mama Dera* hinüberstarrte. Dann wandte sie ihre Augen dem Reisgericht zu, das auf dem Boden stand...dem Reis, der bis in jedes Körnchen jenem glich, den sie vor fast einem Jahr für Zenga zubereitet hatte.

In Tränen aufgelöst zog sie ihr *Kanga*-Tuch fest und atmete tief durch. „Wasser", hauchte sie zitternd, „normales Wasser."

Mongera verzog unwillig das Gesicht und sagte streng: „Normales Wasser! Du bist nicht zu *Mama Dera* gegangen und hast dir Medizin geben lassen, damit dein Mann dich liebt?"

„Ich bin zu ihr gegangen", gab Ena zu.

„Und dann?"

„Ich habe mich gewaschen – an jeder Stelle des Körpers."

„Aha."

„Dann habe ich in das Wasser die Medizin getan, die ich bekommen hatte..."

„Aha."

„Dann habe ich damit den Reis gekocht... Mit Hühnerfleisch. Dann hat Zenga gegessen."

„Und dann?", fuhr Mongera zornig in ihrem Verhör fort.

„Mit einem Teil des Wassers habe ich seine Kleider besprengt."

Darauf sagte Mongera: „Und du, *Mama Dera*, warum hast du deiner Freundin das angetan?"

Mama Dera schluchzte laut und wischte sich die Tränen aus den Augen.

„Sie hat mich darum gebeten. Sollte ich ihr nichts geben? Ich wusste damals nichts von der Schädlichkeit dieser Medizin."

Bevor Mongera weiterfragen konnte, schnappte Ena: „Du willst also nichts davon gewusst haben – ja, woher hattest du denn diese Medizin?"

„Auch mir wurde sie von jemand gegeben. Erst vor Kurzem habe ich entdeckt, dass dieser Person die Schädlichkeit nur allzu bewusst war, aber sie hatte etwas gegen mich. Glaubst du wirklich, ich würde es wagen, dir Böses anzutun, Ena, wo wir doch Freundinnen waren?"

Mongera setzte diesem Wortwechsel ein Ende, indem sie den Reis nahm und Ena aufforderte, davon zu essen. Diese weigerte sich. Mongera versuchte, sie zu zwingen, doch Ena fing an, sich zu erbrechen. Da hielt Mongera ihr vor: „Du selbst spuckst den Reis aus … und dein Mann, hm?"

„Wahrscheinlich bin ich mit der Medizin betrogen worden, *Bibi*. Ich hatte Angst, dass Zenga nach der Rückkehr von seinem Studium nur noch eine gebildete Frau lieben würde. Außerdem misstraute ich ihm wegen einer Brieffreundin aus England."

Mongera schüttelte den Kopf.

„Ena, du quälst dich völlig umsonst mit deiner Eifersucht. Wenn Zenga wirklich studierte Frauen liebte – wo waren denn die Studierten, als er dich geheiratet hat?"

Ena antwortete nicht, sie verharrte bewegungslos und überlegte. Schließlich sagte sie: „Das ist vorbei, *Bibi*. Sag mir jetzt bitte, auf welche Weise ich Enika verhext habe."

Aber Mongera antwortete nicht. Stattdessen schüttelte sie verächtlich den Kopf:

„Wo hast du nur diesen Aberglauben her, den selbst wir, deine Vorfahrinnen, nicht kannten?"

„Ich habe darauf wirklich keine Antwort, *Bibi*. Vielleicht war ich einfach unreif", antwortete Ena kleinlaut. „Bitte, *Bibi*, sag mir, wie ich mein Kind verhext habe."

„Das wird dir die sagen, die dir die Medizin gegeben hat."

„Es ist die Medizin, mit der du Zengas Reis gekocht hast", fiel *Mama Dera* ein. Scham stand ihr ins Gesicht geschrieben. „Die Bedingung ist, dass jedes Jahr jemand aus deiner Familie sterben muss."

„Oh nein!"

Und dieses Jahr ist Enika gegangen."

Ena war außer sich. Tränen liefen über ihr Gesicht, das von einer Farbe in die andere wechselte. Erst als sie sich ein wenig gefangen hatte, war es ihr möglich zu fragen:

„Und was kann ich jetzt noch tun?"

„Die Großmutter wird es dir sagen."

Mongera übernahm wieder:

„Zerreibe wieder Blätter des Annonenbaums und besprenge das ganze Haus damit. Trink auch davon und wenn Zenga zurückkehrt, kochst du ihm einen Reis damit. Den soll er essen."

„Danke für deinen Rat. Und dann wird Zenga mich lieben?", fing Ena wieder an zu fragen. „Bedenke, *Bibi,* ich hätte all das nicht getan, wenn ich nicht Gefahr gelaufen wäre, Zenga an eine andere Frau zu verlieren." Doch eine Antwort auf diese Frage bekam sie nicht mehr. Denn ohne jeden Übergang war sie plötzlich wieder dort an der Türschwelle, wo sie hingefallen war und das Bewusstsein verloren hatte … hier, in dieser Welt.

Sie öffnete vorsichtig die Augen und drehte sich auf die Seite. Verwundert sah sie eine brennende Sturmlaterne neben ihrem Kopf stehen und flackernde Kerzen zu ihren Füßen.

An ihrer Seite kauerte Zenga. Mit einem nassen Tuch rieb er ihre Stirn, den Hals und das Gesicht. Er trug nur ein Unterhemd, das über der Hose hing, und an den Füßen trug er Socken, aber keine Schuhe. In einiger Entfernung stand eine kleine Ansammlung von Menschen, die alle zu ihr herübersahen. Vor ihnen befanden sich Reisetaschen und zwei Pakete, über die ein Hemd geworfen war, daneben stand ein Paar Schuhe.

Ena streckte die Arme nach Zenga aus. „*Mume wangu!*", stöhnte sie. Und dabei brannte in ihrer Seele die Frage, wie sie sich würde rechtfertigen können.

Verzweiflung

Als die Leute gegangen waren, kam der Moment, wo Ena ihrem Mann gegenübertreten musste. Mühsam stand sie vom Bett auf, wo sie sich ausgeruht hatte, und setzte sich neben Zenga auf die Couch.

„Herzliches Beileid, *Mwenzangu*", begann sie das Gespräch.

„Danke", erwiderte Zenga seufzend, „Gottes Werk..."

„...ist ohne Fehler."

„Es muss schrecklich für dich gewesen sein."

Ena seufzte schwer: „Weiß Gott, das war es!"

Sicher – sie hatte von vielen Seiten Hilfe und Unterstützung erfahren, aber ein Kind zu verlieren ist nur durch den Beistand Gottes zu ertragen.

„War mein Brief schnell bei dir?", nahm sie das Gespräch wieder auf.

Zenga kratzte sich am Ohr.

„Ja, ich habe ihn schnell bekommen." Er sah zum Wandkalender hinüber.

„Eigentlich hätte ich noch zwei Wochen länger bleiben sollen. Aber die wichtigen Arbeiten für das Studium waren erledigt und so sahen die Dozenten kein Problem, mich früher reisen zu lassen."

„Und kaum angekommen, triffst du hier auf neue Schwierigkeiten. Mit welchem Bus bist du überhaupt gekommen?"

Zenga überlegte kurz und warf einen Blick auf seine Uhr.

„Wir sind sehr früh in der Stadt losgefahren, aber der Bus

ist an der Steigung liegen geblieben. Deshalb haben wir uns verspätet."

„Du bist doch hoffentlich von der Bushaltestelle nicht ganz allein nach Hause gegangen?", fragte Ena besorgt. „Es gibt neuerdings viele Raubüberfälle."

Zenga strich sich zerstreut das Haar nach hinten. „Als ich im Geschäftsviertel angekommen bin, habe ich diesen … äh … wie nennt ihr doch gleich die *Vertreter von zehn Haushalten?*", fragte er, da ihm der Name des Mannes, mit dem er gekommen war, nicht mehr einfiel.

„Genauso nennen wir sie", sagte Ena und kratzte sich am Hals, „aber viele sagen lieber *Sprecher der kleinen Einheit.*"

„Also, ab dem Geschäftsviertel begleitete mich der *Sprecher unserer kleinen Einheit.* Als wir hier ankamen, entdeckten wir dich halbtot auf der Türschwelle. Wir haben sofort Leute gerufen und uns um dich gekümmert."

Enas Puls beschleunigte sich und sie sah ihren Mann unsicher an.

„Ach, *Mwenzangu!* Das Leben ist sehr seltsam geworden, seit ich mein Kind verloren habe. Wirre Träume verfolgen mich und die seltsamsten Dinge passieren. Ich fühle mich in einer Art Zwischenzustand – ich weiß nicht, in welche Richtung Gott mich lenken will."

„Versuch nicht so viel nachzudenken, Ena. Verschüttetes Wasser lässt sich nicht wieder aufsammeln."

Ein unangenehmer Juckreiz begann Ena zu quälen. Sie fühlte sich, als hätte sie sich von Kopf bis Fuß mit Juckbohnen eingerieben. Sie wusste nicht, wo sie sich zuerst kratzen sollte. Schließlich streckte sie sich und gähnte, war aber zu niedergeschlagen und matt, um mehr zu tun, als sich zurückzulehnen. Aber das Jucken wollte und wollte nicht aufhören. Schließlich raffte sie sich auf und ging zum Küchenschrank. Dabei schmerzte sie jedes einzelne Gelenk ihres Körpers und sie hielt sich den Kopf, um die quälenden Schmerzen ertragen zu können. Mit Mühe gelang es ihr, einen Kochtopf auf den Tisch zu stellen, dann setzte sie sich wieder auf die Couch.

Nachdem sie ein paar weitere Worte mit Zenga gewechselt hatte, kauerte sie sich auf der Couch zusammen wie eine Eule. Ihre Gedanken kreisten um die Wurzel aus der Höhle, die sie in Gefahr gebracht hatte. Als sie aus diesen Gedanken wieder auftauchte, sah sie, dass Zenga dabei war, Kartoffeln und Bohnen aufzuwärmen.

„Lass nur, *Mume wangu,* ich mache das schon", versuchte sie ihn davon abzuhalten.

Zenga drehte sich zu ihr um.

„Bleib lieber sitzen, *Mke wangu*", sagte er, während er am Herd hantierte. „Es geht dir nicht gut, da solltest du dich nicht auch noch um mich kümmern!"

Ein Ausdruck von Mitgefühl lag auf Enas Gesicht, als sie ihrem Mann dabei zusah, wie er das Essen auf die Teller verteilte.

„Entschuldige, *Mwenzangu*. Ich habe nicht das Geringste im Haus, aber ich könnte dir vielleicht Tee kochen."

Aber Zenga bat sie, sich um ihn keine Sorgen zu machen, die aufgewärmten Reste reichten ihm völlig aus. Er deckte den Tisch, trug ihn zur Couch hinüber und bat seine Frau zuzugreifen.

Beim Essen nahm Ena nur einen Bissen. Voll Liebe betrachtete sie Zenga und verglich seine Gestalt mit der des Mannes, der vor einigen Monaten nach Europa aufgebrochen war.

„Siehst du mich so an, weil ich abgenommen habe?", weckte Zenga sie lächelnd aus ihren Betrachtungen. „Iss erst einmal – anschauen werden wir uns nachher", meinte er augenzwinkernd und sah ihr voll ins Gesicht.

Draußen war der Regen so stark, dass er durch das Fliegengitter sprühte. Ena dachte an die Juckbohnen und kratzte sich: „Ich weiß nicht, wie ich mich bei dieser Kälte waschen soll!"

Obwohl Zenga anbot, heißes Wasser für sie zu bereiten, wollte Ena nicht weiter bedient werden. Sie arbeitete sich mühsam aus dem Sessel hoch und nahm kraftlos einen Kochtopf, um Wasser aufzusetzen. Aber dann wurde ihr plötzlich schwarz vor Augen und sie taumelte.

„Warte, es ist doch besser, wenn ich das mache", meinte Zenga und nahm ihr den Kochtopf aus der Hand. Wieder zündete er den Kocher an und setzte das Wasser auf. Als es warm genug war, schüttete er es in einen Eimer und ging damit zur Badehütte.

Wegen Enas Schwäche half ihr Zenga ausgiebig beim Waschen.

Danach gingen sie zurück ins Haus und direkt ins Schlafzimmer. In der Hoffnung, ihre Gedanken zu vergessen, legte Ena sich sofort ins Bett. Aber Zenga setzte sich erst einmal auf die Bettkante.

„Bitte erzähl mir, woran du dich von diesem Tag noch erinnern kannst, bis zu dem Moment, als du auf der Türschwelle zusammengebrochen bist", bat er.

„Ach, *Mume wangu*, seit Enikas Tod erlebe ich ständig seltsame Dinge. Mal träume ich, dass etwas unter unserer Türschwelle vergraben ist, ein andermal, dass unser Kind noch lebt, und das will einfach nicht aufhören."

„Hast du diese Träume oft?"

„Eigentlich jeden Tag."

„Aha."

„Heute Mittag zum Beispiel war ich eingeschlafen und träumte, dass mir Großmutter Mongera die Kehle zudrückt – und noch anderes wirres Zeug; ich kann keinen Sinn darin erkennen."

„Vielleicht denkst du zu viel nach, und diese Gedanken bringen dich dazu, zu träumen."

„Jedenfalls, nachdem ich aufgewacht war, ging ich nach Lusanza, um Brennholz zu sammeln. Ich erinnere mich noch, dass ich bis zum Feld der ‚Alten' kam. Aber plötzlich wurde mir schwarz vor Augen, ich bekam Angst und fühlte eine fiebrige Hitze im ganzen Körper. Ab da habe ich das Bewusstsein verloren."

„Hast du unterwegs jemanden getroffen?"

„Nein – du weißt ja, es ist die Zeit des Säens und Pflanzens, die Leute sind auf ihren Feldern."

Als Ena in der Morgendämmerung aufwachte, lag Zenga nicht neben ihr. Zunächst nahm sie an, er sei in der Badehütte, aber es verging viel Zeit, ohne dass er zurückkam. Also stand sie auf und zündete die Lampe an, um nachzusehen, ob er vielleicht irgendwo saß und las. Sie fand ihn aber nicht im Haus.

Beunruhigt öffnete Ena ein Fenster und sah hinaus. Der Himmel war verhangen, Nebelschleier behinderten die Sicht. Sie konnte Zenga nirgends entdecken.

Die Kälte kroch ihr in die Glieder und sie wickelte sich in eine Decke. Nach einer Weile begannen die Nebelschwaden sich zurückzuziehen und das Licht wurde klarer. Ena ging nach draußen auf die Seite des Hauses, wo die Papayabäume und das Blattgemüse wuchsen. Ihr schweifender Blick blieb an Enikas Grab hängen. Am Rand des Grabes zeichnete sich etwas ab. Ob Mensch oder Baumstumpf – das war nicht auszumachen.

Während sie langsam darauf zuging, fühlte sie, wie sich eine kalte Hand um ihr Herz schloss. Denn bei genauem Hinsehen konnte sie Zenga erkennen, der gebeugt an Enikas Grab kniete. Er trug ein Wickeltuch, das er über einer Schulter geknotet hatte. Die Hände hatte er zum Gebet zusammengelegt und berührte sie mit der Stirn.

Dieses Bild rührte an Enas eigenen tiefen Schmerz. Langsam zog sie sich ins Haus zurück und sackte auf der Liege zusammen, die im Wohnzimmer stand. Wenig später hörte sie, wie Zenga draußen mit jemandem sprach, und gleich darauf führte er Zubwi und seine Mutter ins Haus.

Respektvoll beugte Zenga die Knie vor seinem Vater, der sich auf die Couch setzte. „Wie geht es, *Baba*", sagte er und begrüßte ihn mit beiden Händen.

„Gut, Kind, gut."

„Du bist der Herr."

„Du bist ein freier Mensch … Wie war die Reise, Kind?"

„Nur gut, *Baba*", antwortete Zenga. Dann beugte er auch vor seiner Mutter die Knie, sie gaben sich die Hände und begrüßten sich.

Nach der Begrüßung drückten Zenga und seine Eltern sich gegenseitig ihr Beileid zum Tod Enikas aus. Dann stand Zenga auf und setzte sich neben seinen Vater auf die Couch.

Als Erstes berichteten die Gäste, wie sie von Zengas Ankunft und Enas Schwächeanfall erfahren hatten. *Der Sprecher der kleinen Einheit* war im Zuge einiger Erledigungen am Morgen in ihr Dorf gekommen. Dabei hatte er die Gelegenheit genutzt, sie zu benachrichtigen. Jetzt erkundigten sie sich nach Enas Befinden und fragten, was passiert sei.

Ena zog das *Kanga*-Tuch fester um sich und atmete tief durch.

„Ach, es wäre schön, wenn ich das selber wüsste", sagte sie. Dann erzählte sie etwas Ungefähres von ein paar Erinnerungsfetzen – in der Art, wie sie sich auch tags zuvor bei Zenga herausgeredet hatte.

Zubwi durchsuchte seine Jackentaschen, nachdem er Ena zugehört hatte. „Wirklich, in Lusanza geschehen seltsame Dinge", sagte er und zog eine kleine weiße Metalldose hervor. „Ich habe gestern genau dort in Lusanza auch etwas ganz

Außergewöhnliches erlebt." Während er sprach, öffnete er die Dose, holte etwas Schnupftabak heraus und nahm eine Prise. „Kennt ihr die Höhle, die sich auf meinem Feld befindet?", fragte er und nieste.

Alle sahen Zubwi gespannt an und Zenga erwiderte: „Ja, sicher."

„Also, das ist eine sehr unheimliche Höhle", erklärte Zubwi. „Gestern kam ich dort vorbei und fand Frauenkleider auf dem Boden liegen. Ich bekam es mit der Angst zu tun – ihr wisst ja, wie das heutzutage ist... Es gibt viele Überfälle, Zauberer in Massen und noch so allerlei. Also habe ich mich versteckt, um herauszufinden, was da los war. In erster Linie dachte ich, irgendwelche Zauberer hätten es auf meine Hirse abgesehen."

„So?", bemühte sich Ena, möglichst unauffällig am Gespräch teilzunehmen, während ihr Herz rasend schnell pochte. Sie wusste nicht, wovor sie mehr Angst haben sollte: Dass ihr Schwiegervater sie doch erkannt haben könnte oder was Zenga ihr antun würde, wenn ihr Geheimnis aufflöge.

„Nach einer Weile", fuhr Zubwi in aller Ruhe mit seinem Bericht fort, „kam jemand heraus, ich weiß nicht, ob es ein Dämon war oder ein Mensch oder was. Es war eine Frau... und sie hatte nicht ein Stück Stoff am Leib."

„Ein Kind oder eine Erwachsene?" fragte Zenga und sah dabei den Vater erstaunt an.

„Oh, es war in jedem Fall eine Erwachsene", antwortete Zubwi und sah zu Ena, die sich zusammenkauerte wie ein Käuzchen und nicht wusste, wie sie sich verhalten sollte. „Jemand mittleren Alters – so wie Ena hier", meinte Zubwi und zeigte auf sie.

Ena war wie gelähmt vor Angst. Je mehr Zubwi erzählte, desto wahrscheinlicher wurde es, dass Zenga darauf käme, dass es hier um sie ging. Feine Schweißperlen standen auf ihrer Stirn und unruhig rutschte sie auf ihrem Platz hin und her.

Als sie wieder als Beispiel angeführt wurde und Zengas und Zubwis Augen sich auf ihrem Gesicht trafen, konnte sie es nicht mehr ertragen. Sie hielt es für klüger, in die Küche zu verschwinden, unter dem Vorwand, dass sie kochen musste.

Drei Tage später träumte Ena wieder von Mongera – und diesmal war es wirklich ein Traum. Als sie aufwachte, erinnerte sie sich wieder an „Ein Kindchen…" und alles, was ihr die Großmutter vor einigen Tagen an der Schwelle zum Jenseits geraten hatte. Ena nahm sich vor, das Fläschchen umgehend auszugraben und wegzuwerfen.

Kaum war es hell, schlich sie sich zur Tür. Sie hob den leeren Sack hoch, der als Fußabtreter diente, und untersuchte die Schwelle. Auf jeder Seite war Zement. Hämisch schien er zu sagen: Grab du nur, das wollen wir ja mal sehen! Was konnte sie, eine Frau, tun! Damals, als sie das Fläschchen vergraben hatte, war noch kein Zement hier gewesen.

Vielleicht könnte sie behaupten, dass sich dort eine Schlange eingenistet hätte. Oder sie würde heimlich graben, dann wüsste man nicht, dass sie es war! Oder sollte sie etwa offen und frei heraus sagen, wonach sie suchte, und einfach vorgeben, geträumt zu haben, dass jemand eine Flasche dort vergraben hätte? Die Erwägungen nahmen kein Ende und führten zu nichts. Ach, Ena, wärest du doch nie geboren, stöhnte eine mitleidige Stimme in ihr.

Doch der Zufall kam ihr diesmal zur Hilfe. Denn Zenga verabschiedete sich zwei Tage später, da er zum Schulamt des Distrikts musste und vor Ablauf einer Woche nicht zurückkommen würde. Ena blieb erleichtert zurück und konnte unbemerkt die Türschwelle aufgraben. Sie fand das Fläschchen und warf es in den Fluss, genauso wie Mongera es gesagt hatte. Sie besprengte das ganze Haus mit dem Saft der Annonenblätter, brachte neuen Zement an der Schwelle an und bedeckte sie wieder mit dem Sack.

Als Zenga nach Hause kam, kochte Ena Reis mit dem Saft der Annonenblätter, und sie aßen gemeinsam. Auch alle anderen Ratschläge der toten Großmutter wurden befolgt.

Innerhalb von sechs Wochen begann sich Ena in mancher Hinsicht zu verändern. Erstens wurde ihr Gesicht klarer und zum Frühstück bekam sie Bauchkrämpfe. Zweitens konnte sie viele Speisen, die sie bisher gern gegessen hatte, nicht mehr ausstehen; stattdessen aber von bitteren Tomaten, gegrillten Bananen oder Königsfisch mit Pfannkuchen nicht genug bekommen.

Beunruhigt ging Ena in der folgenden Woche zur Gesundheitsstation und klagte über diese Veränderungen. Die Ärzte untersuchten sie und bestellten sie nach drei Tagen wieder ein. So erfuhr sie, dass sie schwanger war. Tief in Gedanken versunken und ohne ihre Umgebung wahrzunehmen ging sie nach Hause. Sie dachte an die vielen Jahre, die seit Enikas Geburt vergangen waren. Und sie dachte darüber nach, wie wunderbar der allmächtige Gott die Erde bevölkert.

Zu Hause traf sie Zenga an. Er saß auf einem Stuhl am Tisch und war wieder einmal in ein Buch vertieft. Auf der Seite, die er aufgeschlagen hatte, stand oben in der Mitte: „Gesundheit – Seele und Körper". Offensichtlich handelte es sich um den Titel des Buches. Etwas weiter unten las sie: „Die Veränderungen bei der Frau in der Schwangerschaft".

Ena lächelte in sich hinein und sagte laut: „Die Veränderungen bei Ena in der Schwangerschaft." Jetzt lachten sie beide und sahen sich an wie zwei, die sich sagen: „Ach, mein Gefährte – wo bist du nur die ganze Zeit gewesen?"

Zenga legte den Stift zwischen die Seiten und klappte das Buch zu. Er fragte genauer nach den Neuigkeiten vom Hospital, während er es sich auf der Couch bequem machte. Froh erzählte ihm Ena die guten Nachrichten der Ärzte und so entwickelte sich eine lebhafte Unterhaltung zwischen beiden.

Bald musste Ena sich allerdings ans Kochen machen, während Zenga weiterlas. Später, als Ena fertig war, las Zenga immer noch. Schließlich schlug er das Buch mit Nachdruck zu und folgte seiner Frau an den Tisch.

Aber wieder kehrte der Zweifel zurück. Immer, wenn Zenga schwieg, wurde in Ena eine Stimme laut: Wie viele Jahre haben wir uns bemüht, ein Kind zu bekommen, und es hat und hat nicht klappen wollen! Und dann kommt er nach einem ganzen Jahr Abwesenheit zurück und es passiert. Ängstlich spann Ena den Gedanken weiter: Kann er da glauben, dass die Frucht, die ich trage, das legitime Produkt unserer Liebe ist?

Alles fliegt auf

An dem Abend, als Ena ihre Schwangerschaft verkündet hatte, begann sie stark zu schwitzen. Als Zenga sie berührte, stellte er fest, dass sie förmlich glühte. Im gleichen Augenblick stand Ena auf und sagte, ihr sei übel. Zenga brachte sie sofort ins Bett. Mit geschlossenen Augen, beide Hände an den Kopf gepresst, versuchte sie, den Schwindel zu ertragen.

Unwillkürlich musste Zenga an Enas Zusammenbruch am Tag seiner Rückkehr denken. Wenn auch diese Schwangerschaft so verlief wie die drei oder vier vorhergehenden, musste mit einer Fehlgeburt gerechnet werden. Konnte der Zusammenbruch auf der Türschwelle nicht schon der Schwangerschaft geschuldet gewesen sein? Aber Ena hatte ja gesagt, sie sei erst in der vierten Woche!

Als Zenga anderntags in der Dämmerung aufwachte, fand er Ena nicht neben sich. Er vermutete, dass sie zur Badehütte gegangen war. Womöglich war sie dort wegen des Schwindels umgefallen und lag nun ohne Hilfe da. Als er jedoch draußen nachsah, war sie nicht da. Wenig später sah er sie mit einem vollen Blechkanister auf dem Kopf von der Wasserstelle zurückkommen!

„Wie fühlst du dich?", fragte er.
„Es geht mir etwas besser."
„Und der Schwindel?"
„Hat nachgelassen."

„Warum bist du so früh am Morgen zum Wasserholen gegangen? Konntest du nicht abwarten, bis es dir besser geht?"

Statt zu antworten nahm Ena sich Zahnbürste, Zahnpasta und eine Tasse Wasser und wollte in die Badehütte verschwinden.

Zenga beharrte: „Du weißt genau, dass das, was du tust, gefährlich ist! Was ist, wenn du mit einem Kanister voll Wasser auf dem Kopf umfällst?"

„Was soll ich deiner Meinung nach tun, *Mume wangu*? Soll ich nur herumsitzen?"

„Ich sage nicht, dass du nur herumsitzen sollst... Aber wir müssen vorsichtig sein. Es ist sinnlos, sich unnötig zu plagen. Was hältst du davon, wenn wir ein Mädchen anstellen, das dir bei Arbeiten wie diesen hilft?"

Ena wischte sich mit der Hand das Wasser vom Gesicht, welches aus dem Kanister geschwappt war.

„Wir können eine Haushaltshilfe suchen. Aber so früh? Außerdem weiß ich nicht, ob ich gerade jetzt jemanden finden kann."

„Es gibt jede Menge arbeitslose Jugendliche!"

„Es gibt sie, ja. Aber zurzeit bestellen die Leute ihre Felder. Wer will da schon sein Kind einer bequemen Frau zur Hand gehen lassen?"

Zenga suchte noch nach weiteren Argumenten, als Ena einwarf: „Denk doch auch mal daran, Zenga: Wir leben mit anderen zusammen und die Menschen sind verschieden. Alle unsere Nachbarn gehen zu Fuß. Wir haben ein Motorrad. Die meisten leben nur von dem, was sie anbauen. Wir dagegen haben noch ein kleines Gehalt dazu. Andere Frauen arbeiten auf dem Feld und gehen Wasser holen, auch wenn sie schwanger sind. Lass mich nur auch gehen, warum willst du so früh eine Hilfe für mich einstellen? Es gibt ein Heute und ein Morgen. Was müssten wir nicht alles tun, wenn du keine so gute Arbeit hättest!"

Zenga sah Ena liebevoll an. Eigentlich war er froh, dass er in Ena eine Frau hatte, die sich nicht für etwas Besseres hielt, eine Frau, die ihm Gefährtin und wichtige Ratgeberin war. Aber das Mitleid mit ihr überwog. Er fragte: „Willst du behaupten, dass wir hochnäsig sind?"

„Denkst du denn, die Leute würden es nicht so verstehen?"

„Aber verstehst du auch, dass deine Gesundheit angeschlagen und es unsere Aufgabe ist, besonders auf sie zu achten?"

„Das ist wahr."

„Dann verrate mir bitte, wie wir auf deine Gesundheit achten, wenn du solche Arbeiten erledigst."

Ena zog schwer atmend ihr *Kanga*-Tuch fest um sich. „Es ist einfach", sagte sie und wischte sich dabei mit den Fingern den Schweiß von den Augen. „Wenn die anderen Frauen solche Probleme haben, was machen sie dann?"

Zenga antwortete nicht, sondern sah Ena nur zweifelnd an.

Und so fuhr Ena fort: „Wir Frauen kennen das, was andere Sozialismus nennen, seit Langem. In der Zeit der Not helfen mir die anderen Frauen. Ich werde ja nicht jeden Tag krank sein."

Zenga musste an Enas viele Fehlgeburten denken und seine Eingeweide zogen sich schmerzhaft zusammen.

Am nächsten Morgen quälte sich Ena wieder mit Übelkeit und Schwindel. Diesmal stieg das Fieber so, dass sie im Bett bleiben musste. Gegen neun Uhr stand sie einmal auf, um zu fegen. Als sie sich dabei aber bücken musste, wurde ihr wieder schwarz vor Augen. Sofort bekam sie es mit der Angst zu tun und setzte sich hin. Zenga bemerkte das, legte sein Buch beiseite und stand auf. Er nahm Ena den Besen aus der Hand und brachte sie vorsichtig ins Bett.

Früh am nächsten Morgen begann auch Zenga vom Fieber geplagt zu werden. Altbekannte asthmatische Beschwerden meldeten sich wieder. Er war kurzatmig, schon die geringste

Bewegung brachte ihn an den Rand der Erschöpfung. Und so musste er sich schließlich hinlegen.

Ena verfolgte Zengas Schnaufen bestürzt: „Diese Krankheit ist wirklich schlimm, ich dachte du seist geheilt... aber nun!"

„Geheilt? Erwarte das nicht! Asthma... ist ein Unheil." Er wollte noch mehr sagen, hatte aber nicht die Luft dazu. Erst nach einer Weile gelang es ihm, den Satz zu beenden: „Heilen lässt sich das nicht, höchstens lindern."

„Aber es war lange Zeit ruhig", gab Ena zurück. „Wie viele Jahre sind es her seit dem letzten Anfall – drei?"

„Zwei."

Beide schwiegen. In Zengas Innerem stritten allerdings zwei Stimmen lautstark miteinander:

– *Da siehst du nun, wie schwierig Frauenarbeit ist!*
– *Sie ist nicht schwierig... alles nur eine Frage der Gewöhnung.*
– *Wieso nicht schwierig? Schau dich doch an, wie schlecht es dir geht nach wenigen Stunden in der Küche!*
– *Das stimmt... aber das Asthma habe ich schon lange.*
– *Was willst du machen, du hast diese Krankheit nun mal! Eine Hilfe anstellen will Ena nicht. Du selbst kannst diese Arbeit nicht tun. Und sie hat noch immer den Schwindel.*
– *Ach... ich weiß nicht weiter.*
– *Es ist aber deine Pflicht, eine Entscheidung zu treffen. Morgen muss es sein.*

Am nächsten Morgen ging es Zenga besser. Sein Brustkorb hob und senkte sich wieder langsamer und das Fieber war gesunken. Aber die Grübeleien des gestrigen Tages kehrten zurück: Du musst dich entscheiden! Denn wenn sich Enas Zustand auch gebessert hatte, so war doch längst nicht sicher, ob dies so bleiben würde. Deshalb bat Zenga Ena, gemeinsam mit ihm zur Gesundheitsstation zu gehen, damit sie sich behandeln lassen konnte.

„*Mume wangu*… wie willst du denn gehen, in deinem Zustand?"

„Es geht mir heute besser", sagte Zenga und zog ungeduldig an seinen Fingern. Dann holte er sein Motorrad aus dem Wohnzimmer.

„Mach dich fertig und lass uns gehen. Es gibt keinen anderen Weg", rief er Ena zu.

Ena sah ihn betroffen an, seine schmal gewordenen, eingefallenen Wangen und die hervorstehenden Knochen seiner Schultern waren nicht zu übersehen.

„Diese zwei Tage haben dich unglaublich geschwächt! Was hältst du von der Idee, dass ich alleine gehe?"

„Kein Wort mehr. Beeil dich und lass uns aufbrechen."

Ohne weitere Diskussionen setzten sie sich auf das Motorrad und fuhren los. Aber bald schon war Zenga zu erschöpft, um den Lenker zu halten. Er fing an zu keuchen, und ihm wurde schwarz vor Augen. Doch obwohl es ihm schwerfiel, das Motorrad zu halten, fuhr er weiter. Fast wären sie in einen Abgrund gestürzt. Nur in letzter Sekunde konnte Zenga den Lenker noch in die andere Richtung reißen. Dabei stieß Ena mit dem Gesicht gegen Zengas Hinterkopf. Sie fielen um und blieben neben dem Motorrad liegen, das am Boden weiterknatterte.

„*Mume wangu* – das ist ein schlechtes Zeichen, lass uns umkehren", bat Ena, nachdem sie beide aufgestanden waren und erleichtert festgestellt hatten, dass sie unversehrt waren. Nur ihre Kleider hatten ein Schlammbad genommen.

Zenga verharrte eine ganze Weile bewegungslos. Er hörte auf seine schnellen Herzschläge und die schweren Atemgeräusche. Ratlos sah er schließlich Ena an.

„Das war eben Pech", japste er, „aber dennoch, mein Zustand ist nicht gut."

Erst nach einem heftigen Wortwechsel war Zenga jedoch bereit, sein Motorrad in einem Haus nahe der Stelle, wo sie umgefallen waren, stehenzulassen. Sie setzten ihren Weg zu Fuß fort.

An Enas Zustand hatte sich auch zwei Wochen später nichts geändert, was hätte hoffen lassen. Als Zenga eines Mittags von der Arbeit kam, lag sie im Garten unter den Papayabäumen. Er litt mit ihr.

„Was meinst du, wenn ich dich ins Distrikthospital bringe?", fragte er sie, als sie langsam zusammen zum Haus gingen.

Ena schaute Zenga sekundenlang an.

„Warum?"

„Ist es nicht so, dass die Medizin, die dir in der Gesundheitsstation gegeben wurde, nicht im Geringsten geholfen hat?"

Ena sah ihren Mann niedergeschlagen an und setzte sich vorsichtig auf die Couch.

„Weshalb machst du so viel Aufhebens um mich, *Mume wangu?*", fragte sie. „Ich werde schon gesund werden. Neun Monate sind nicht viel."

Zenga sah sie nachdenklich an.

„Ena...Wenn ich versuche, dir einen Rat zu geben, was denkst du dann von mir?"

Ena antwortete mit einem Seufzen. Ihr Herz flatterte aufgeregt und sie zog sich ihr *Kanga*-Tuch über das Gesicht.

„*Mume wangu...* Ich will gar nicht zu viel denken."

„Warum lehnst du alles ab, was ich dir rate? Und alles, was ich sage, bedeutet nichts?"

„Ich sage nicht, dass es nichts bedeutet; aber es ist schwierig."

„Was denn genau ist schwierig?"

Ena zwinkerte nervös mit den Augen.

„Soll ich fünfundzwanzig Kilometer fahren, das heißt hin und zurück fünfzig Kilometer – wäre das wirklich gut für mich? Und unsere Straßen, die in freiwilliger Arbeit gebaut werden – darauf fährt man und tanzt dabei Twist!"

Weder zornig noch lächelnd versetzte Zenga: „Was willst du damit sagen?"

„Mein Zustand ist doch nichts Besonderes. Andere Schwangere sind schlechter dran als ich!"

„Deshalb also kannst du nicht ins Distrikthospital gehen. Das ist also deine Meinung."

„Wenn du es entscheidest, werde ich natürlich gehen. Aber ehrlich gesagt – ich hätte dabei ein zwiespältiges Gefühl."

Obwohl Übelkeit bei Enas Schwangerschaften normal war, begann Zenga der Gedanke zu quälen, dass es diesmal besonders schlimm war. Vielleicht hing das mit dem Erlebnis in Lusanza zusammen, das an Enas Zusammenbruch schuld war. Und weil sie sich nicht ins Distrikthospital bringen lassen wollte, erwog Zenga zum ersten Mal in seinem Leben, zum Heiler zu gehen. Er musste einfach herausfinden, was hinter Enas Zusammenbruch steckte und was sich tun ließ, um ihr aus der Krise herauszuhelfen, die mit ihrer Schwangerschaft zusammenhing.

Zwei Tage später, kurz vor Ende des Unterrichts, war Zenga endgültig entschlossen: Sobald der Unterricht vorbei war, würde er zu Dunda gehen. Er war ganz mit diesem Gedanken beschäftigt, als Shelina die Tür öffnete.

„Entschuldigung, *Mwalimu*. Können wir nachher kurz etwas besprechen, bevor Sie gehen?"

Er stimmte zu. Die Uhr zeigte ihm, dass es noch etwa zehn Minuten bis Schulschluss waren. Unruhig fragte er sich, was Shelina wohl von ihm wollte.

Als sie später zu zweit im Büro waren, gab Shelina ihm einen verschlossenen Umschlag, auf dem sein Name stand. Auf der Rückseite befand sich der Stempel des Distriktschulamtes. Zenga öffnete den Brief und las ihn. Als er fertig war, seufzte er gedankenvoll. Schließlich reichte er Shelina den Brief. Diese überflog ihn und sah lächelnd zu Zenga auf. Als sie den Brief zu Ende gelesen hatte, gratulierte sie ihm mit ausgestreckter Hand: „Glückwunsch, *Mwalimu*", sagte sie mit Stolz. „Ich wünsche Ihnen alles Gute für Ihre neue Stelle."

Zenga zögerte einen kurzen Augenblick.

„Vielen Dank", erwiderte er dann und biss sich auf die Lippen, „aber erst einmal bin ich ja noch hier."

Seit er zurückgekehrt war, hatte Zenga wieder das Amt des Schulleiters übernommen. Dieser Brief informierte ihn, dass er als Schulinspektor für die Primarschulen ausgewählt worden war. Er würde die neue Stelle in etwa einem Monat antreten.

Zenga wollte sich schon verabschieden. Aber Shelina lächelte, seufzte ein wenig und sagte: „Ich wollte Sie noch wegen einer anderen Angelegenheit sprechen." Sie lachte verlegen, hob dann aber den Blick. „Sie erinnern sich vielleicht, dass ich Ihren letzten Brief nicht beantwortet habe?"

„Welchen Brief?"

Statt einer Antwort kramte Shelina in ihrer geflochtenen Strohtasche und holte ein Blatt Papier heraus. Sie faltete es auseinander und schob es lächelnd zu Zenga hinüber.

Zenga nahm das Blatt entgegen. Es war ein Brief, den er selbst geschrieben hatte. Er hatte den gleichen Inhalt wie derjenige, den Ena abgefangen hatte, mit dem brutalen „Ein Kindchen in acht Jahren..."

Erst jetzt fiel Zenga die ganze Sache wieder ein: Er hatte Shelina ja gebeten, sich mit ihm zu verloben. Nachdem sein Brief unbeantwortet geblieben war, hatte er nachgefragt. Darauf hatte Shelina geantwortet, dass sie keinen Brief mit einer Bitte um Verlobung erhalten habe. Also hatte er ihr einen neuen Brief mit den gleichen Erklärungen geschrieben. Das war das Ende ihres Briefwechsels gewesen.

Er sah Shelina direkt an.

„Warum haben Sie damals nicht geantwortet?", fragte er.

Shelina spannte jeden Muskel in ihrem Gesicht an und sagte dann mit fester Stimme: „Ich war wirklich sehr durcheinander und wusste nicht, was ich sagen solle."

„Dann lieben Sie mich nicht?"

„Es geht nicht darum, ob ich Sie liebe oder nicht. Jedenfalls gab es bei der Sache eine Schwierigkeit."

„Welche Schwierigkeit?"

„Sie wissen, dass ich Ena achte."

Zenga lächelte und seufzte. „Und?"

„Dazu kam, dass mich Ihr Brief zu dem Zeitpunkt erreichte, als Sie beide Ihre Tochter verloren. Ich fand es unpassend, eine Verlobung Seite an Seite mit einem Trauerfall zu planen."

„Das ist wahr ... und jetzt?"

Shelina seufzte lächelnd. „*Mwalimu* ... Sie bleiben dabei?"

Bevor Zenga antworten konnte, hörten sie ein „*Hodi*" vor der Tür. Draußen stand ein Junge aus Shelinas Nachbarschaft. Er war geschickt worden, um sie zu holen, weil zu Hause ein Gast auf sie wartete.

Zenga sah auf seine Uhr und beobachtete durch das Fenster den Stand der Sonne.

„Tatsächlich habe auch ich es ein bisschen eilig", sagte er. Er reichte Shelina die Hand und drückte sie sacht. Dabei sah er ihr in die Augen und auf ihre kleine Nase, in der sie einen Schmuckstecker aus Metall trug. „Wir unterhalten uns ein andermal, Shelina. Ich danke Ihnen, dass Sie mich daran erinnert haben."

Zenga ging von der Schule aus direkt zu Dunda, wo er sich am Ende einer langen Schlange anstellen musste. Er verkürzte sich die Wartezeit, indem er die Leute beobachtete, die hineingingen oder herauskamen. Es wunderte ihn, dass niemand beim Eintreten zur Begrüßung „*Hodi*" rief. Als schließlich nur noch ein Einziger vor ihm war, fragte er eine alte Frau hinter sich, was es damit auf sich habe.

Die alte Frau zeigte beim Lächeln ihre Zahnlücken. „Das ist ein Tabu hier", erklärte sie ihm. Sie schien von einem Schlaganfall gezeichnet zu sein und ihr Arm bewegte sich unkontrolliert. Er schlenkerte und zitterte stark.

Zenga staunte und fragte, ob es noch andere Tabus gebe.

Die Frau öffnete den Mund, um zu sprechen, doch ihr unruhiger Arm schien sie dabei zu stören.

„Sind Sie denn fremd hier, *Baba?*"

„Hier – ja, *Mama.*"

„Warten Sie schon länger hier?"

„Seit einiger Zeit. Man hätte seitdem *Ugali* kochen können und ich hätte es auch schon aufgegessen."

Belustigt sah sie ihn an.

„Haben Sie jemandem gesagt, weshalb Sie gekommen sind?"

„Nein, *Mama.*"

„Gut. Denn auch das ist ein Tabu. Sie dürfen niemandem sagen, was Sie hergeführt hat, sobald Sie das Gehöft betreten haben. Ihr Problem geht nur Sie und den Heiler etwas an."

Zenga wollte noch mehr sagen, doch er kam nicht dazu. Erstens hatte er Mitleid mit der Frau, die jedes Mal am ganzen Körper zitterte, wenn sie redete. Zweitens war er jetzt an der Reihe.

Nachdem er und Dunda sich begrüßt hatten, sagte Zenga:

„Sie kennen ja sicher unser Problem. Sie wissen bestimmt, dass unser einziges Kind gestorben ist."

„Ja. Es geschieht vieles auf der Welt, mein Enkel. Und…"

„Aber es ist nicht das, was mich heute hergebracht hat. Mein Problem betrifft meine Frau – die Mutter des Kindes."

„Aha – so gehört es sich, mein Enkel. Wenn man ein Paar ist, ist man ein Paar, und man muss die Last gemeinsam tragen. Nicht etwa, dass du deine Gefährtin verlässt oder nichts unternimmst, wenn sie ein Problem hat. Wenn sie nur gut ist für dich, wenn sie gesund ist. Unsere Vorfahren haben nicht so gelebt..."

Zenga unterbrach ihn erneut.

„Zum Glück hat Gott sich erbarmt und sie ist wieder schwanger. Aber es geht ihr nicht gut...ihr ist andauernd schwindelig. Weil sie schon zwei, drei Fehlgeburten hatte, machen wir uns jetzt Sorgen."

Dunda zog zischend die Luft ein, er lächelte falsch.

„Soso, sie ist bereits schwanger! Deshalb habt ihr mich verachtet! Hat sie das erfüllt, was ich ihr aufgetragen hatte?"

Bei diesen Worten begann Zengas Herz schneller zu schlagen. Um seine Unsicherheit zu verbergen, hob er die Hand und strich sich den Bart. Was Ena von Dunda aufgetragen worden war, konnte er nicht wissen. Auf gut Glück erwiderte er: „Sie hat es erfüllt – allerdings nicht alles."

„Ich weiß, ja, nicht alles. Denn sie hat mir ja die Wurzel nicht gebracht, für die ich sie zur Höhle geschickt habe. Und ich bin auch nicht sicher, ob sie das Ahnenopfer durchgeführt hat oder nicht."

Noch verwirrter durch die neuen Informationen behauptete Zenga aufs Geratewohl, dass sie es getan hätte.

„Und was ist mit der Wurzel – hat sie sie bekommen oder nicht?"

„Ich glaube, dazu war sie nicht in der Lage."

Dunda lachte verächtlich: „Wusste ich es doch! Als ich ihr den Auftrag gab, meinte sie gleich ‚Oh, eine solche Höhle, wo soll ich die finden' und ich weiß nicht, was noch alles! Ich sagte ihr: ‚Es gibt doch eine in Lusanza auf dem Feld deiner Schwiegereltern', woraufhin sie von Dämonen sprach, die es dort gäbe und noch ganz andere Dinge! Hat sie sich am Ende vielleicht davor gefürchtet, ihre Kleider auszuziehen?"

Diese Worte brausten wie ein Sturm in Zengas Kopf und stürzten ihn in tiefen Kummer. Tränen der Wut funkelten in seinen Augen, er nahm ein Taschentuch und wischte sie weg. Natürlich erinnerte er sich an Zubwis Erlebnis bei der Höhle und war nun sicher, dass Ena jene Frau gewesen sein musste, um die es dort ging. Doch er nahm sich zusammen und sagte zu Dunda: „Das ist nicht das eigentliche Problem. Enas Gesundheit ist schlecht, seit unser Kind gestorben ist."

„Also gut, worum geht es heute?"

„Es geht um ihren Schwindel und darum, dass wir eine neuerliche Fehlgeburt verhindern wollen."

Dunda schien sich wieder entspannt zu haben. Ruhig sagte er: „Ich habe großes Mitleid mit euch, meine Enkel, aber ihr lehnt mich ab. Sucht euch einen anderen Heiler für eure Medizin. Wenn ihr nämlich bekommen habt, was ihr wollt, lasst ihr euch nicht mehr blicken. Ich weiß nicht, ob ihr befürchtet, dass ich von euch ein Honorar verlange – oder was. Aber ihr lauft umsonst vor mir weg, meine Enkel, denn ich bin nicht auf das Honorar eines Menschen angewiesen – ich lebe durch die Gnade Gottes. Sucht euch jemand anderes für eure Medizin."

Zenga war angesichts dieser schweren Vorwürfe bestürzt. Bevor er etwas zu seiner Verteidigung sagen konnte, erhob sich Dunda von seinem Hocker, schaute aus der Tür und rief: „Der Nächste kann reinkommen!" Dann wandte er sich zu Zenga und bat ihn, für den nächsten Kunden Platz zu machen.

Die alte Frau mit dem Schlaganfall trat ein und sagte: „Ach ... ich bleibe nicht lange. Ich habe die Wurzel gefunden, die Sie wollten. Und diese Seite ist jetzt besser, aber hier ist jetzt etwas", sagte sie und hielt sich die Hüfte. „Da sitzt etwas, Vater – aaahhh! Die Seele wandert herum, ich kann die ganze Nacht nicht schlafen."

Zenga machte Platz und hockte sich an der Seite auf den Boden. Ena würde bestimmt vor Angst sterben, wenn sie hörte, wie sehr sich Dunda geärgert hatte. Doch noch ein anderer Gedanke drängte sich ihm auf: „Sie ist selbst schuld – warum hat sie nur alles verheimlicht?"

Als die alte Frau Anstalten machte zu gehen, wandte sich Zenga noch einmal an Dunda.

„Großvater, verzeihen Sie uns unser Verhalten Ihnen gegenüber."

Dunda beobachtete ihn scharf wie ein Hund die Hand seines Herrn beim Essen.

„Ich habe mich wirklich sehr geärgert – aber es macht nichts. Was willst du also sagen?"

Nachdem Zenga ihm gedankt hatte, holte er einen Zwanzigschillingschein heraus und reichte ihn dem Heiler.

„Auch wenn wir wissen, dass Sie durch die Gnade Gottes leben, so ist es doch so, dass jeder Bauer auch ernten will", sagte Zenga. „Dies Wenige ist unser Dank für Ihre Hilfe."

Dunda schob den Schein unter die Matte. Dann erklärte er Zenga, wo er bestimmte Blätter finden und pflücken könne, die Ena gegen den Schwindel und eine erneute Fehlgeburt nehmen solle.

Als er aus dem Gehöft trat, wischte sich Zenga den Schweiß ab, der ihm auf dem Gesicht stand. Zwar hing eine dicke Regenwolke am Himmel, aber er beschloss trotzdem, besagte Blätter noch am selben Tag zu suchen. Er überlegte, wo sie am besten zu finden sein könnten und entschied sich, in Lusanza, auf dem Feld seines Vaters, danach zu suchen.

Dort angekommen, musste er jedoch feststellen, dass das Feld seines Vaters bereits bestellt war und keine wilden Pflanzen mehr dort zu finden waren. Beim Anblick der Höhle klang Zenga der Bericht seines Vaters, des alten Zubwi, im Ohr: Als er dort eine nackte Frau angetroffen hatte... Er keuchte gepeinigt und versuchte die Vorstellung zu verscheuchen, dass es sich bei dieser Nackten um Ena gehandelt haben könnte. Er ging am Rand des Abhangs vorbei in Richtung Tal, wo er die Blätter vermutete.

Durch Zufall entdeckte er in einem Gestrüpp von Juckbohnen ein gelbes längliches Kästchen. Bei genauerem Hinsehen erkannte er die Aufschrift ENA, die mit einem spitzen Gegenstand eingeritzt worden war. Innen fand er eine Wurzel und den Ehering, der Rost angesetzt hatte.

Zengas Enttäuschung über Ena war maßlos. Entmutigt warf er sich ins Gras und hing seinen Gedanken nach. Er erinnerte sich gut an dieses Kästchen seiner Frau. Als sie noch zur Schule ging, bewahrte sie darin ihre Farbstifte und andere Zeichenutensilien auf.

Er dachte auch an den Ring – den Ehering. Ena pflegte ihn in dem Kästchen aufzubewahren. Sie trug ihn nur zu besonderen Anlässen.

Zenga betrachtete die Wurzel eingehend und fragte sich, aus welchem Grund ihm Ena wohl alles verheimlicht hatte. Schließlich erinnerte er sich wieder, warum er hierhergekommen war. Er sah sich nach den Heilblättern um und blickte dabei geradewegs auf das Feld, das Enas Familie gehörte. Es lag dem seines Vaters direkt gegenüber. Mehr als dreizehn Jahre war es her, dass Ena und Zenga sich hier zum ersten Mal begegnet waren. Es war ein ungewöhnliches Vorkommnis gewesen, denn Zenga war beim Hüten der Tiere den Abhang hinuntergefallen und hatte bewusstlos am Boden gelegen. Ena, die gerade das Feld ihrer Eltern vor Vögeln schützte, hatte ihn gefunden, versorgt und Leute um Hilfe gebeten. So wurde er nach Hause gebracht und dort gepflegt. Der Vorfall hatte sich genau hier im Tal ereignet, am Fuße des Abhangs neben der Höhle der Vorfahren.

Ein eigenartiger Wettlauf zweier Mäuse unterbrach Zengas Gedankengang. Mitten im Lauf sackte die erste Maus in sich zusammen, zuckte noch kurz und war im nächsten Moment tot.

Eigenartig berührt stand Zenga auf und streckte sich. Was war das wieder für ein Omen?, dachte er und betrachtete die tote Maus, die von ihrem Gefährten zurückgelassen worden war. Sie hatte an der Seite Male, als ob sie gestochen oder von etwas gebissen worden wäre. Aber warum musste sie gerade an dieser Stelle sterben?

Voll Verachtung nahm Zenga die Maus am Schwanz und warf sie weit ins Gelände. Dann griff er nach dem Kästchen, schloss es und ging damit fort.

Er war noch keine zwei oder drei Schritte weit gekommen, da sah er eine große schwarze Schlange. Sie hatte ihren Hals aufgebläht und ließ ihre rote Zunge in alle Richtungen schnellen … An ihrem Maul hingen noch ein paar Mäusehaare. Zenga machte einen Bogen um sie und ging weiter. Schließlich fand er die Blätter, die ihm Dunda beschrieben hatte und pflückte sie. Nachdem er sie sorgsam in ein Tuch gewickelt hatte, machte er sich auf den Heimweg.

Unterwegs spukten ihm Enas Zusammenbruch auf der Türschwelle, die Geschichte seines Vaters, Dundas Geschwätz und die eigenen Erlebnisse bei der Höhle durch den Kopf. Er keuchte. Seine Augen röteten sich, sein Herz raste, und er begann zu schwitzen.

Aber warum hat Ena mir dies alles verheimlicht?, fragte er sich. Steckt vielleicht noch eine ganz andere üble Geschichte dahinter? Wir werden sehen, ob sie wirklich so schlau ist …

Stellungskrieg

Während Zenga unterwegs war, wälzte Ena ihre eigenen Gedanken. Nach dem Mittagessen dachte sie an ihren Streit mit Zenga vor zwei Tagen. Sie hatte ihm gesagt, dass sie notfalls ins Distrikthospital gehen würde, wenn auch mit zwiespältigen Gefühlen. Sie fragte sich, wie er in dieser Sache entschieden haben mochte.

Es beschäftigte sie allerdings auch das ungute Gefühl, das sie beständig verfolgte, seit sie Zenga von ihrer Schwangerschaft erzählt hatte. Könnte Zenga daran zweifeln, dass das Kind in ihrem Bauch von ihm war? Solche Zweifel wären nur menschlich: die vielen gescheiterten Versuche der letzten Jahre, ein Kind zu bekommen, dann die prompte Schwangerschaft nach seiner monatelangen Abwesenheit. Wer würde nicht über die Legitimität dieses Kindes nachdenken?

Schließlich rang sie sich dazu durch, ihrem Mann alles zu beichten – angefangen bei dem Fläschchen unter der Türschwelle; dann das schmutzige Wasser; die Sache mit dem Heiler Dunda; das Zusammentreffen mit Zubwi in der Höhle; das Erlebnis auf der Anklagebank im Himmel und so fort.

Noch eine andere Sache ging ihr nicht aus dem Kopf: Die Geschichte zwischen Zenga und der studierten Shelina. Seit sie den Brief mit „Ein Kindchen in acht Jahren" abgefangen hatte, war ihr zwar absolut nichts mehr davon zu Ohren gekommen. Aber woher konnte sie wissen, ob Zenga den Plan dieser Verlobung weiter verfolgte oder nicht? Vielleicht war aus diesem Grund eine Beichte genau das falsche Mittel. Sollte Zenga an dem Plan seiner Verlobung festhalten, würde eine Beichte wahrscheinlich seine Liebe und Zuwendung zu ihr endgültig zerstören.

Dennoch – sie war entschlossen zu beichten. Mit einer geringfügigen Einschränkung allerdings. Bevor sie beichten würde, müsste sie herausfinden, wie die Dinge hinsichtlich der Verlobung mit Shelina standen. Dazu würde sie Zenga eine Falle stellen. Nur war ihr nicht ganz klar, wie sie das anstellen sollte, und sie fand sich selbst bedauernswert in ihrer Situation. Obwohl ihr noch immer schwindlig war, schleppte sie sich vor das Haus, pflückte ein paar Blumen und kehrte damit ins Haus zurück. Sie band sie zu einer Blumenkette und schmückte damit das Bild Zengas an der Wand.

Ena hörte Schritte hinter sich und wandte sich um. Ihr Blick traf auf Zengas und was sie darin las, machte ihr Angst. Aber sie lächelte gleich. „Willkommen", sagte sie, stieg vom Stuhl und schaute in Zengas abgespanntes Gesicht.

„Danke", erwiderte Zenga während seine Augen an dem geschmückten Bild hängen blieben. „Wie geht's?"

Ena lächelte und atmete tief. Sie hob den Kopf und versuchte Zenga verführerisch anzusehen. Dann streckte sie die Hand aus, um das eingewickelte Paket mit den Blättern entgegenzunehmen. Dabei fiel ihr Blick zufällig auf das gelbe Kästchen in Zengas anderer Hand. Sie traute kaum ihren Augen. Zutiefst erschrocken wollte sie danach greifen, doch Zenga wehrte ab und hielt die Hand hinter den Rücken. Schwer atmend verschwand er ins Schlafzimmer.

Ena ließ sich auf den Stuhl fallen. Bange Fragen versetzten sie in Unruhe: Bestimmt, das war ihr Kästchen – das sie verloren hatte, als sie den Abhang in Lusanza hinuntergefallen war. Ob die Wurzel aus der Höhle noch darin war? Und der Ring?

Um Antworten auf ihre Fragen zu finden, schlich sie sich auf Zehenspitzen zum Schlafzimmer. An der Tür angekommen ergriff sie die Angst bei dem, was sie sah. Denn Zenga hatte das Kästchen geöffnet – Ring und Wurzel lagen beide darin – und es auf das Bett gelegt, während er seine Kleider auszog und an die Garderobe hängte. Und als Zenga Ena bemerkte, schloss er das Kästchen und steckte es in seine Hosentasche. Dabei warf er ihr einen wütenden Blick zu.

Kopflos ging Ena im Schlafzimmer hin und her. Sie öffnete den Schrank und nahm irgendetwas heraus, das sie gleich darauf wieder zurückstellte. Sie wollte ins Wohnzimmer zurückgehen, zögerte aber an der Tür. Als sie sich umwandte, traf ihr tränenverhangener Blick den Zengas. Sie stolperte über ein Kissen, das vom Bett heruntergefallen war, ohne dass sie es bemerkt hätte.

„Soll ich Essen für dich machen – oder ruhst du dich noch aus?", brachte sie endlich heraus.

„Wie du willst", war die knappe Antwort.

Während Zenga im Wohnzimmer aß, setzte sich Ena aufs Bett und dachte an das Kästchen. Dann stand sie vorsichtig auf, darum bemüht, dass Zenga das Knarren des Bettes nicht hörte. Sie holte das Bündel vom Schrank herunter, das sie von Zenga entgegengenommen hatte, und öffnete es. Ena betrachtete die Blätter und wurde unruhig. Das konnte doch keine Medizin sein – es war nicht möglich, dass Zenga an Heilkräuter glaubte – oder etwa neuerdings doch? Sie wickelte die Blätter wieder ein und ging leise zum Bett zurück, um dort in Ruhe weiter zu überlegen. Sie dachte an ihre Absicht, zu beichten, wenn –

„Was soll denn das, dass du mich alleine essen lässt?", unterbrach Zenga, der plötzlich in der Tür stand, ihren Gedankengang. An seinem nackten Bauch lief der Schweiß herab und in der Hand hielt er ein Stück Hühnerfleisch, von dem die Soße tropfte.

„Entschuldige", sagte Ena, stand sofort auf und ging mit ihm zum Esstisch ins Wohnzimmer. Aber auch Reis mit Huhn konnte sie nicht von ihren Grübeleien ablenken. Sie hatte wirklich beabsichtigt zu beichten, bevor Zenga mit dem Kästchen und dem Päckchen gekommen war. Aber jetzt könnte er diese Beichte auch als Taktik auslegen, mit der sie sich aus der Verantwortung stehlen wollte, weil offensichtlich war, dass ihr Geheimnis entdeckt worden war!

Nachdem sie den Tisch abgewischt hatte, setzte sich Ena zu Zenga auf die Couch.

Zenga wischte sich das Fett von den Lippen, wandte sich dann an Ena und erkundigte sich nach ihrem Schwindel. Bei ihrer Antwort, dass er nachgelassen habe, stand er auf und ging ins Schlafzimmer. Kurz darauf kam er mit den eingewickelten Blättern zurück.

„Diese Medizin", sagte er und breitete die Blätter auf dem Tisch aus, „sollst du zerreiben und ihren Saft mehrmals am Tag trinken."

Ena nahm die Blätter in die Hand und betrachtete sie.

„Wofür ist diese Medizin?"

„Woran leidest du denn?"

„Und was sind das für Blätter?"

„Musst du erst fragen, bevor du trinkst?"

Ena nieste. „Entschuldigung", sagte sie. „Ich habe nur gefragt – das soll nicht gleich heißen, dass ich es nicht trinke."

Ah – von wegen!, schimpfte sie sich selbst innerlich, während sie sprach. Du hast nur Angst, dass Zenga wütend werden könnte, wenn du ihm offen widersprichst.

Sie stand auf und brachte die Blätter in den Schrank im Schlafzimmer. Dabei überlegte sie verwirrt, wo Zenga sie bekommen haben mochte und aus welchem Grund er auf einmal Kräutermedizin akzeptierte. Ob er es ihr zuliebe tat?

Ena ging ins Wohnzimmer zurück und setzte sich Zenga

gegenüber auf einen Stuhl. „Was meinst du zu unserem Gespräch von neulich?"

„Welches Gespräch?"

„Über eine Hilfe für mich."

„Du fragst, was ich meine? Ich meine gar nichts."

Ena fuhr sich mit der Zunge über die Lippen und schaute zur Seite, damit ihre Augen sie nicht verrieten. „Ich habe eine neue Idee", verkündete sie. Dabei lockerte sie ihr *Kanga*-Tuch über der Brust und wischte sich damit den Schweiß vom Gesicht. „Wie wäre es, wenn du eine zweite Frau nehmen würdest, die mir helfen könnte? Ich meine, das wäre doch besser als ein Hausmädchen."

„Eine zweite Frau!", staunte Zenga und lachte. „Lass die Witze!", sagte er dann und hatte dabei das Gefühl, dass ihm eine Falle gestellt wurde. „Eine macht mich schon fertig, ganz zu schweigen von zwei."

„Ich mache dich fertig? Wie meinst du das?"

„Ich habe nicht gesagt, dass du mich fertigmachst. Ich habe gesagt, *sie* macht mich fertig."

„*Wie* macht sie dich fertig?"

„Jemand, der dir nicht vertraut, auch wenn du der Ehemann dieser Person bist, macht der dich nicht fertig?"

In Enas Kopf überschlugen sich die Gedanken. Zenga musste Bescheid wissen. Warum redete er so? Aber Ena wusste auch, was sie wollte. So fuhr sie fort, ihrem Mann die Vorteile einer zweiten Ehe darzulegen.

Nach dem Wortwechsel keuchte Zenga und wischte sich den Schweiß aus dem Gesicht. „Eine zweite Frau heiraten", sagte er und lächelte dabei spöttisch. Er hob den Kopf und sah zu seinem Bild an der Wand, das von der Blumenkette umrahmt war. „Und was sollen diese Blumen – sind sie schon für die Hochzeitsfeier?", höhnte er, während er nach einem Ausweg aus der Situation suchte.

Er streckte die Hand nach dem Bücherschrank aus und zog eine Zeitschrift heraus, mit der er sich Luft zufächelte. „Eine zweite Frau zu heiraten – direkt nach dem Tod meines Kindes!", sagte er und schaute seine Frau forschend an, als könne er so ihre Gedanken lesen. „Ich dachte, der Todesfall würde uns zusammenschweißen, anstatt uns auseinanderzubringen. Ich weiß auch nicht, was die Leute von uns denken würden."

Als Ena das hörte, wurde ihr froh ums Herz und sie wurde ganz ruhig. Weil sie dennoch Genaueres wissen wollte, gab sie zu bedenken: „Du tust mir leid. Das Gerede der Leute braucht uns nicht zu stören – was wird nicht bereits jetzt alles über uns geredet!"

„Mir ist nichts bekannt, was über uns geredet wird."

„Ach, *Mwenzangu*. Wann hören die Leute schon auf zu reden? Kommst du hier vorbei: ‚Oh, dein Mann und die Soundso', kommst du dort vorbei: ‚Oh, Zenga wird von der Soundso das Geld aus der Tasche gezogen' und so weiter und so fort. Aber bei solchem Geschwätz hören wir weg."

An diesem Punkt konnte Zenga ein Stöhnen nicht unterdrücken und er musste schlucken.

„Siehst du, Ena. Das meine ich, wenn ich sage, dass du mich fertigmachst. Anscheinend bekommst du viel über mich zu hören, aber sagen willst du mir nichts davon. Nennst du das Vertrauen in deinen Mann?"

„Wenn ich dir nicht vertrauen würde, hätten wir bis heute nichts zusammen aufgebaut. Ich höre aber einfach sehr viel über dich!"

„Hör zu, Ena. Ich bin auch nur ein Mensch. Vielleicht habe ich Schwächen – das streite ich gar nicht ab. Und du bist ebenso nur ein Mensch und hast vielleicht Schwächen – sicherlich. Aufgrund meiner Schwächen kann es sein, dass ich Fehler gemacht habe oder dass ich falsch verstanden werde. Aber wenn du von meinen Fehlern hörst und verheimlichst es mir, siehst du nicht, dass du mich dann dazu bringst, weitere Fehler zu machen? Wir müssen uns über eine Sache klar sein, Ena: Du und ich, wenn wir uns nicht gegenseitig gerade rücken, dann wird es die Welt auch nicht tun. Sie wird uns noch krummer machen."

„Das ist wahr – verzeih mir."

„Wir verurteilen uns nicht – wir raten uns gegenseitig."

„Gut. Also, was meinst du nun zu meinem Vorschlag, eine zweite Frau zu heiraten?"

„Ich sehe, dass unsere Ehe begonnen hat, in eine Sackgasse zu geraten", sagte Zenga und sah dabei gedankenverloren zu der Blumenkette an der Wand. „Aber eine zweite Frau zu heiraten, das scheint mir im Moment nicht die richtige Lösung unserer Probleme", erklärte er bestimmt und sah Ena offen und gefühlvoll an.

Liebevoll wie eine sanfte Brise umwehten Ena diese Worte, sie machten sie ruhig und glücklich. Wenig später zündete sie eine Petroleumlampe an und stellte sie auf den Tisch. Das Licht erhellte und beruhigte das Zimmer, geradeso wie Zengas Liebe in ihr alles hell und ruhig machte. Doch weil Zenga seine Liebe so unmissverständlich bestätigt hatte, fühlte sie sich selbst wie ein böses Tier, in Anbetracht der vielen Dinge, die sie ihrem Mann angetan hatte. So stand Kummer in ihrem Blick, als sie Zenga ansah. Und so, wie sie sich in Zengas Augen gespiegelt sah, ließen Scham und Trauer sie die Augen niederschlagen.

Außer Liebe empfand Ena auch ein wenig Angst, ob ihr Mann ihr auch glaubte, dass die Schwangerschaft von ihm sei. Oh – und das Kästchen – und die Wurzel! Sicher würde er vieles herausfinden. Und wenn er vieles herausgefunden hatte, was würde er Ena dann antun? Aber andererseits – was sollte er ihr antun, wo er sie doch liebte! Und doch: Ist nicht die Kränkung Gift für die Liebe?

Aber es gab keinen anderen Weg. Also nahm sie allen Mut zusammen, machte ihren Mund auf und begann, Zenga ihre Geschichte zu erzählen. Ja – sie beichtete ihm!

Zuerst erklärte sie ihm die Geschichte mit dem Fläschchen unter der Türschwelle. Sie hatte es durch den Rat schlechter Freundinnen bekommen, zu einer Zeit, als ihr Leben mit ihrem Ehemann doch so voll Freude war.

Der Brief, den sie auf der Post an sich genommen hatte? Nein... den erwähnte sie lieber nicht. Denn wenn alles zu Bruch ginge, könnte das morgen oder übermorgen vielleicht ihr Trumpf sein.

Sie erzählte ihm von dem verhängnisvollen Schutzzauber mit dem schmutzigen Wasser, der durch zwei Begebenheiten verursacht worden war: Erstens vom Tratsch der beiden Klatschweiber – „...die studierte Shelina zieht Zenga das Geld aus der Tasche..." – unter dem Vordach an jenem Regentag vor eineinhalb Jahren. Zweitens von Zengas und Shelinas einvernehmlichem Lachen am selben Tag in der Schule. Aber oh, die Medizinkundige, die ihr die Dummheit mit dem schmutzigen Wasser geraten hatte, *Mama Dera,* ruhte jetzt im Grab.

Über Dunda verschwieg sie nichts: angefangen vom Orakel des Kindulundulu, das vergessene Ahnenopfer für Mongera, Dundas Auftrag hinsichtlich der Wurzel in der Höhle: dass sie die Kleider ausziehen sollte, dass sie mit niemandem sprechen durfte und so weiter. Dann erzählte sie von dem Vorfall zwischen ihr und Zubwi bei der Höhle, von ihrem Absturz und dem Verlust der Wurzel. Von ihrem Zusammenbruch an der Türschwelle, von Mongeras Anklage, der Beherzigung ihres Rates und dessen Ergebnis.

„Ich bereue das alles", sagte sie ihrem Mann und wischte sich die Augen mit dem *Kanga*-Tuch. „Ich bitte dich, mir zu verzeihen – ich werde es nie wieder tun."

Zenga seufzte.

„Bitte, *Mume wangu*, vergib mir. Ich habe gebüßt – ich werde nichts davon wieder tun."

Zenga schwieg. Wieder war sein Seufzen zu hören. Dann erhob er sich, nahm ein Handtuch und wischte sich den Schweiß ab. Schließlich setzte er sich wieder.

„Ich bereue, dass ich nicht auf dich gehört habe, *Mume wangu*. Du hast immer gewarnt, dass der Aberglaube Pfeffer für jeden Kummer ist. Verzeih mir bitte…ich werde es nie wieder tun."

Zenga seufzte wieder und gähnte.

„Vielen Dank", sagte er und stand auf. Ohne ein weiteres Wort zu verlieren, ging er ins Schlafzimmer. Ena, die von einem lautlosen Schluchzen geschüttelt wurde, folgte ihm. Aber was musste sie sehen! Zenga hatte sich im Bett so breitgemacht, dass es für sie keinen Platz mehr gab. Ena wagte nicht, etwas zu ihm zu sagen, um nicht noch Schlimmeres zu provozieren. Also breitete sie eine Matte auf dem Fußboden aus und legte sich darauf. Irgendwann schlief sie ein.

Am nächsten Tag saßen sie sich nach dem Frühstück wieder dort im Wohnzimmer gegenüber, genauso, wie sie am Abend zuvor gesessen hatten. Eine halbe Stunde brachte keiner von beiden ein Wort über die Lippen. Vielleicht unterhielten sie sich mit Blicken, die zwischen ihnen hin und her gingen, oder ihre Gesichter sprachen miteinander, die bewegungslos waren, aber auf denen sich unterschiedliche Gefühle widerspiegelten. Es lässt sich nicht sagen.

Auf Enas Seite waren diese Gefühle durch die Ereignisse des gestrigen Tages geprägt. Doch ihre Scham war nicht allzu groß.

„Warum bist du so ernst?", fragte sie ihren Mann schließlich, aber Zenga antwortete nicht. „Ach, sind es immer noch die Dinge von gestern? Fehler gehören zum Leben – man muss sie auch verzeihen können."

„Wenn ich das nicht so sehen würde, würdest du jetzt ganz andere Dinge reden."

Sie würde ganz andere Dinge reden? Mit wem denn – mit ihrem Onkel, mit dem *Sprecher der kleinen Einheit* oder mit wem? Zengas undeutliche Antwort löste viele Fragen in Ena aus und sie geriet in Bedrängnis: „Entschuldige, aber wenn meine Absichten schlecht wären, hätte ich dir dann etwa alles gesagt?"

„Wie soll ich wissen, dass es nicht nur eine Taktik von dir ist, mit der du dich aus der Verantwortung stehlen willst?"

Es trat genau das ein, was sie befürchtet hatte! Ena seufzte.

„Bei meinem Vater, meiner Mutter, meiner Großmutter und allem, was mir heilig ist – ich verfolge keine Taktik", schwor sie. „Hab doch auch etwas Mitleid...ich tue es nicht wieder."

„Wie oft habe ich dich gewarnt, dich vom Aberglauben fernzuhalten, aber du musstest dir Wachs in die Ohren stopfen!"

„Das ist vorbei. Bitte verzeih mir", flehte sie, aber Zenga schwieg.

„Dann mach mit mir, was du willst."

„Ich soll mit dir machen, was ich will?", knurrte Zenga. „Das heißt, du hast gebeichtet, damit ich mit dir mache, was ich will!"

„Du willst mir ja nicht verzeihen – was soll ich da noch tun?"

„Ena – du wirst es bereuen."

Schließlich kam er auf den Kern ihrer Beichte zurück. Er sagte, es sei nicht schwer für ihn zu verstehen, warum sie heimlich zum Heiler gegangen sei, und das könne er ihr auch verzeihen. „Aber alles andere...", sagte er kopfschüttelnd. „Du bist wirklich und wahrhaftig ein Fluch!"

Ena und Zenga hatten schon zu anderen Zeiten gestritten, aber dies war das erste Mal, dass Ena gesagt wurde, sie sei ein Fluch. Das konnte sie sich unmöglich gefallen lassen. Sie wollte Zenga beschimpfen, aber der gewohnte Respekt ihm gegenüber ließ sie schweigen. Ihre Hände zuckten schon und sie hätte ihn am liebsten gepackt und geschüttelt, aber da sie so etwas noch nie getan hatte, blieb sie still. Und so endete ihre Gegenwehr darin, dass sie in Tränen ausbrach und weinte, bis ihr das Wasser aus der Nase lief!

„Ich dachte, es sei Gottes Wille gewesen – dabei war es deine Barbarei, die Enika umgebracht hat! Oh, Ena ... Ena, *Mke wangu* ... du bist wirklich und wahrhaftig ein Fluch!"

Ena begann jetzt rot zu sehen und sie zitterte vor Zorn und Aufregung, als sie hervorstieß: „Beleidige mich nicht, Mann. Denk nicht, weil ich schweige, kannst du mir jede Bosheit an den Kopf werfen."

Zenga lachte. „Sieh nur, wie wenig klug du bist! Anstatt um Verzeihung zu bitten, versuchst du es mit List! Oh – Ena, du bist wirklich und wahrhaftig ein Fluch!"

Hier konnte Ena nicht mehr an sich halten, und sie erging sich in Beschimpfungen. Zenga seinerseits konnte ihre Worte nicht ertragen und hob schon die Hand, um sie zu schlagen. Aber er hielt an sich, als er sah, wie schlecht es ihr ging.

„Ich kann keine Frau schlagen", sagte er und setzte sich auf die Couch. Ena setzte sich auf einen Stuhl.

Dann teilte Zenga ihr mit, dass er vorläufig keine Entscheidung treffen würde, ihr zu vergeben oder nicht. Auf ihre Frage, wann er denn die Entscheidung fällen würde, erwiderte er: „Nach deiner Entbindung."

„Warum?" fragte Ena.

„Ich bin kein Mensch, der übereilt handelt. Außerdem hast du schon genug Belastungen. Ich will dir nicht noch mehr aufladen."

Aber ist es nicht besser zu sterben, als Monat um Monat mit einer schwärenden Wunde im Herzen zu leben?

Ein fraglicher Trost

An einem Nachmittag acht Monate nach ihrer Beichte saß Ena auf einer Matte im Schlafzimmer, als sie von einer Wehe überrascht wurde. Zenga war gerade im Wohnzimmer und *Mama Zenga* – die in Erwartung von „Enas Tag" seit einer Woche bei ihnen wohnte, war draußen in der Küche und kümmerte sich um das Essen.

Ena warf einen Blick ins Wohnzimmer und sah Zenga in einem bestimmten Heft lesen. Dabei schüttelte er den Kopf, zog verächtlich die Luft durch die Zähne und strich sich unwillig durchs Haar.

Ena war längst aufgefallen, dass immer, wenn ihr geliebter Zenga in diesem Heft las, ein Ausdruck von Kummer sein Gesicht überschattete. Was in diesem Heft wohl stehen mochte?

Aber bevor sie auf eine Antwort gekommen war, kam *Mama Zenga* schon mit einem großen Tablett voll Reis ins Wohnzimmer. Und als der Tisch gedeckt war, begannen sie, gemeinsam zu essen.

Beim Essen griff Zenga nach dem Heft und fächelte sich damit gegen die brütende Hitze Luft zu. Dann öffnete er es an einer bestimmten Stelle und fing an zu lesen. Ena warf Zenga einen Blick zu. „Leute, die ans Lesen gewöhnt sind, haben es doch wirklich nicht leicht", meinte sie, „sogar wenn sie essen, können sie sich kaum von ihrem Buch trennen."

Alle lachten, und Zenga sagte: „Gott hat mir die Hacke vorenthalten, dafür hat er mir den Schreibstift gegeben."

Wieder lachten alle und *Mama Zenga* fügte hinzu: „Ja, jeder tut, was Gott für ihn vorgesehen hat." Dabei nahm sie ihr Glas mit Wasser und trank. „So wie euer Vater... Wenn er dabei ist, einen Korb zu flechten und man spricht mit ihm, glaubt ihr, er hört dann etwas? Selbst wenn er noch so krank ist: Er und sein Band, an dem er flicht, sind unzertrennlich."

Aber als Zenga das Heft geschlossen hatte, verzog er den Mund und schluckte, als wolle er die bösen Gedanken unterdrücken, die ihn quälten. Langsam und lustlos begann er zu essen, aber immer wieder musste er schlucken. Schon bald bat er um die Erlaubnis, aufzustehen. Seine Mutter erteilte sie ihm und sofort wusch er sich die Hände und ging nach draußen. Dabei presste er die Hand auf den Mund und atmete schwer.

Ena folgte ihm mit den Augen, während sie überlegte, was mit ihrem Mann sein mochte. Im ersten Moment dachte sie an einen Rückfall des Asthmas, aber dann fiel ihr ein, dass Zenga in der heißen Jahreszeit nie Asthma hatte und diese Erklärung daher nicht einleuchtend war.

Also stand sie kurz darauf auch auf und ging schwerfällig nach draußen. Sie wusch sich in der Küche die Hände und schaute anschließend hinter das Haus. Dort war Zenga nicht zu sehen, sie fand ihn aber um die Ecke.

„Was ist mit dir?", fragte sie ihn.

„Geh und iss weiter", bat er sie, „es ist nur ein plötzliches Fieber."

Ena legte ihre Hand auf seine Stirn, aber sie konnte kein Anzeichen von Fieber feststellen. Ihr wurde mulmig zumute. Vielleicht hatte ihn der Reis an jenen erinnert, den er damals gegessen hatte, der mit dem Waschwasser ihres Körpers gekocht war! Aber heute war schließlich nicht das erste Mal, dass er Reis mit Huhn gegessen hatte, seit sie ihre Beichte vor acht Monaten abgelegt hatte. Oder hatte die Übelkeit doch etwas mit dem Heft zu tun, das er las? Was stand nur darin, dass

Zenga jedes Mal, wenn er es aufschlug, von Kummer geradezu verzehrt wurde? Sie kehrten zusammen ins Wohnzimmer zurück. Zenga machte sich fertig und ging schließlich, um für die Alphabetisierungskampagne Erwachsene im Lesen und Schreiben zu unterrichten.

Zu Hause zog Ena indessen ängstlich das Heft aus dem Schrank, um darin zu lesen. Wie furchtbar! Sie hatte nur die Hälfte des Geschriebenen gelesen und war schon vernichtet. In dem Heft hatte Zenga mit schwarzer Tinte alles aufgeschrieben, was ihm Ena vor acht Monaten gestanden hatte. Die Zeilen, die das schmutzige Wasser betrafen, waren zusätzlich in Rot und doppelt unterstrichen, am Rand prangten rote Fragezeichen. Beim Weiterlesen fand Ena auch den Satz, dass Zenga seine Entscheidung nach Enas Entbindung treffen wolle. Auch dieser Satz war mit zwei roten Linien unterstrichen! Eigentlich hatte sie beabsichtigt, diese Ansage Zengas zu verdrängen, um die Gesundheit ihres ungeborenen Kindes nicht zu gefährden. Doch jetzt hatte sie Herzklopfen, und ein feiner Schweißfilm breitete sich auf ihrem Gesicht aus.

Sie versuchte, die schmerzhaften Gedanken zu verscheuchen, aber das war nicht so einfach. Auch die Mühe, sich die schönen Zeiten mit Zenga zu vergegenwärtigen – so wie etwa ihre Hochzeit – war umsonst. Denn bei jeder schönen Erinnerung drängte sich ihr sofort der Gedanke auf: Was ist das alles wert angesichts einer Entscheidung, die Zenga nach deiner Entbindung fällen wird? Ena fühlte sich nicht stark genug, diese quälenden Gedanken auszuhalten. Obwohl sie noch nicht alles gelesen hatte, was in dem Heft stand, war es doch genug, um sie fürchten zu lassen, dass Zenga vielleicht notiert haben könnte, was er zu entscheiden gedachte. Und wenn er beschließt, dass er die Scheidung will?, fragte Ena sich angstvoll. Nein – ah – nein, sagte sie sich und wischte sich die Tränen aus den Augen. Entschlossen klappte sie das Heft zu und stellte es an seinen Platz zurück. Sie wollte ihrem ungeborenen Kind nicht durch das schaden, was möglicherweise in dem Heft stand. Dieses Kind war ihre einzige Hoffnung, um Zengas Liebe zurückzugewinnen, die sich aufzulösen drohte.

Wenig später spürte Ena, dass „ihre Zeit" dem Ende zuging und sie sprach mit *Mama Zenga*.

„Warum ist dein Mann denn nicht hier?", fragte *Mama Zenga*. Aber zum Glück kam er genau in diesem Augenblick herein... Alles Nötige wurde veranlasst und schließlich gebar Ena in der Gesundheitsstation Drillinge: ein Mädchen und zwei Jungen. Nur einer von ihnen glich Zenga – und dieser hatte sogar sechs Finger an jeder Hand.

Ena fühlte sich durch dieses Ergebnis außerordentlich getröstet.

Zenga war sprachlos und wusste nicht, was er tun sollte. Die Gedanken an den Reis quälten ihn noch immer. Sollte er sich jetzt von Ena trennen? Waren das wirklich seine Kinder? Welcher Ehemann könnte ihm hier gute Ratschläge geben?

Schließlich hob er die Hände und dankte Gott. Er betrachtete die Kinder und lachte ein Lachen, das weder fröhlich noch schmerzlich war. Gottes Werke sind voller Vielfalt!